出路在何处

——《水浒传》的另一种读法

丁长永　著

东南大学出版社
SOUTHEAST UNIVERSITY PRESS
·南京·

图书在版编目(CIP)数据

出路在何处：水浒传的另一种读法 / 丁长永著.
—南京：东南大学出版社，2020.12
ISBN 978-7-5641-8340-0

Ⅰ.①出… Ⅱ.①丁… Ⅲ.①《水浒》评论
Ⅳ.①I207.412

中国版本图书馆 CIP 数据核字(2019)第 051667 号

出路在何处——《水浒传》的另一种读法
Chulu Zai Hechu—《Shuihuzhuan》De Ling Yizhong Dufa

著　　者	丁长永
出版发行	东南大学出版社
社　　址	南京市四牌楼 2 号　　**邮编**　210096
出 版 人	江建中
网　　址	http://www.seupress.com
经　　销	全国各地新华书店
印　　刷	广东虎彩云印刷有限公司
开　　本	700 mm×1 000 mm　1/16
印　　张	12
字　　数	184 千
版　　次	2020 年 12 月第 1 版
印　　次	2020 年 12 月第 1 次印刷
书　　号	ISBN 978-7-5641-8340-0
定　　价	58.00 元

本社图书若有印装质量问题，请直接与营销部联系。电话(传真)：025-83791830

序

江苏省特级教师　张增光

和丁长永老师相知已多年，很是了解他的文学功底，特别是古文功底。前两年曾想邀他一起做做名著阅读，可是冗事繁杂，便搁浅了。这一搁便是两年多。

2018年2月在徐州市开发区教体局的支持下，相约几个热爱文学的同道成立了名师工作室，由我来领衔，想和大家一起做点实事。于是便又想到了名著阅读。当下的名著阅读虽已风生水起，师生都认识到了名著的重要性，且在这一领域如火如荼地开展阅读，但是听了几节课，翻阅了几本有关的书籍，感觉还是流于粗浅，浮光掠影，浅阅读、碎阅读、假阅读仍是甚嚣尘上，名著阅读并没有真正深入。基于此，本人不揣之剪陋，想在名著阅读上做一点于师、于生都有利的事。于是在工作室发出倡议，请每人认领一部部编教材指定的名著，潜心阅读，或细致解读，或名段赏析，或编制教案，总之能为当下名著阅读提供可资借鉴之用的解读。恰丁长永老师入我工作室，他欣然应允，便认下了《水浒传》。

时值九月中秋，丁老师便手捧书稿，要我参阅。一部《水浒传》章节有一百二十回，人物数百，情节错综，仅半年工夫就已见成绩，着实令人惊叹。

虽无细看，只粗略一翻，便知其用心之至，研读之透。全书以教案的形式呈现，但绝非一般意义的教案，这是精心设计、新颖实用之详案。也正是我们一线教师多年求之不得的“法宝”，于师于生都是有益的，真可谓“一案在手，课堂无忧”。

本书从书名开始，涉及人物塑造的方法、情节的运行技巧、社会的浊流险恶、小人物的插花点缀、诗词饰物的微妙作用等。导入、研磨、争论、拓展等环环相扣，少则五千字，多则八千字。其关注之细、用思之精、解读之深、结构之妙，握在手里便有种厚重之感。

首先，本书指明了《水浒传》整本书的阅读价值。

对《水浒传》的阅读历来是仁者见仁、智者见智，俗语有“老不看三国，少不看水浒”之论。作为部编教材中指定的名著阅读书籍，教师和学生应该如何阅读《水浒传》？这本书呈现了其阅读价值。草蛇灰线、伏脉千里的互文运用，文似看山不喜平的情节设置，动人心弦的小事物的美学价值，逼人走上绝路的险恶社会以及文白交错的纯熟语言价值等都是我们阅读的取向。

其次，是对整本书的阅读方法多有归结。

在叶圣陶先生看来，“阅读方法不仅是机械地解释字义，记诵文句，研究文法修辞的法则，最要紧的还在于多比较、多归纳、多揣摩、多体会，一字一语都不轻易放过，务必发现它的特性。唯有这样阅读，才能发掘文章的意蕴，没有一点含糊。也唯有这样阅读，才能养成用字造句的好习惯，下笔不至有误失”。这本书为我们打开了多路径的阅读方法。不同人物之间的比较、同一人物前后的比较、形象各异的父母比较、英雄和好汉的比较，不同的比较有助于更深一步理解各色人物。

最后，本书提供了不少《水浒传》之外的以文解文的历史文化资料。

这本书除了对《水浒传》精透的解读与设计外，还有超越“水浒”之外的文史、文化资料帮我们助读，拓宽我们的阅读视野。如：为了引出对小人物的分析，引用了梁启超说过的“一部二十四史，不过是二十四姓之家谱”，换言之，文学的主流是描摹帝王将相，小人物从来都是不被重视的；

同样，为了让读者认识到小物件“酒葫芦”的重要性，引出了完颜璹的《渔父词·其二》“钓得鱼来卧看书，船头稳置酒葫芦”；徐再思的《卖花声》“碧桃红杏桃源路，绿水青山水墨图，杖头挑着酒胡芦”；睢景臣的《哨遍·高祖还乡》“王乡老执定瓦台盘，赵忙郎抱着酒胡芦”。

陶行知先生说：“人生为一大事来，做一大事去。”

那么，什么是“大事”呢？

大事之大，大在家国大义，大在求大义舍小利。

大事——大义——大意义——大境界，这才是我们读《水浒传》的目的，更是我们读名著的目的。

张增光

2018年10月6日晚

自 序

套用一部网络小说的开头：那是一个波澜壮阔、波诡云谲的大时代。

在官方文献和正统文人墨客笔下，12 世纪早期的北宋是一个了不起的时代。余秋雨先生就曾公开表明，如果可以穿越，他愿意生活在“靖康之变”前的北宋：

其时苏东坡辞世不久，驿亭僧舍依稀可见他当年的题咏；柳永的歌词仍然流传，有井水处依然吟唱不断；李清照新婚，夫妇二人经常在京城召开文艺派对。

其时庙堂之上满是思想家、艺术家、文学家，大家交流时引以为耻的是某个典故自己却不知道。

其时文采风流，皇帝带头研究书法和绘画，这两门艺术几乎达到了有史以来的最高峰。在金庸的笔下，甚至连契丹人萧峰这样的粗莽武夫都会装模作样地拿把折扇，扇子上还有一首格调不俗的诗：功名耻计擒生数，直斩楼兰报国恩。

其时经济发达，已经开始出现了纸币。

其时海晏河清，醉翁正在施行无为之治，把滁州这个四战之地治理得歌舞升平。

……

但是从民间说部的描述来看，世道却是相当凶险：

其时旅馆业的管理尚未完备。酒肆每每设在荒郊野外，从北京到河北，从山东到山西，一步一个黑店，是个树林就有土匪。

其时丛林法则盛行，奉行的是强者通吃。苏东坡这种无拳无勇的人基本没有活路，走不出河南就会被孙二娘拾掇进锅里，把满肚皮的不合时宜和锦绣文章都煮成高汤。

其时官场极其黑暗，民间疾苦基本上得不到慰藉。在大灾害面前政府毫无作为，基本上听凭民众自生自灭。所以包青天陈州放粮得到了一致的赞美。

其时流民无处可去，官府无计可施。于是每一次地震、洪水、饥荒灾害过后，只有大肆扩军，把他们收编进军队。于是提不起刀骑不上马的禁军令人瞠目结舌地出现了。

……

所以说，这是个复杂的社会。复杂的社会放大了人性的复杂。

以上是我在搜罗资料解读《水浒传》时的零星感受，我努力尝试把这种理解贯穿在本书的内容中，希望能带给学生们不同的阅读体验。

是为自序。

丁长永

目录

一部《水浒传》就是一部社会史

《水浒传》好在哪里

【话语艺术的高峰】

一部《水浒传》就是一部社会史

出路在何处

——从书名说起

一 导 入

屏幕出示 *Outlaws of the Marsh* *Water Margin*

教师(问):知道以上是哪本书的英文翻译吗?

学生(答):《水浒传》!

教师(笑):很聪明,直到今天研读《水浒传》,立刻发现了联系。很不错。考考你们,知道第一个把《水浒传》翻译成德文的是哪一位吗?——猜你们不知道!——爱因斯坦!(举座哗然!)不过不是科学家爱因斯坦!《水浒传》被介绍到各国,翻译的书名可谓千奇百怪。

屏幕出示 《圣洁的寺院》《卖炊饼的武大郎和不忠实妇人的故事》《强盗们设计的圈套》《黄泥冈的袭击》《中国的勇士们》《沼泽地》《佛牙记》《强盗和士兵》。

迄今为止,被公认为翻译得最成功的是1938年诺贝尔文学奖获得者美国作家赛珍珠的手笔：*All Men are Brothers——Blood of the Leopard*（《四海之内皆兄弟——猎豹的血》）。但是就是这样的大手笔，还是被鲁迅先生批评得一无是处。为什么呢？鲁迅认为这个翻译完全没有传达出原著的精髓。

那么原著究竟想要讲什么呢？我们还是从书名说起。

二 书名“水浒”的出处

> 屏幕出示 古公亶（dǎn）父，来朝走马。率西水浒，至于岐下。
>
> ——《诗经·大雅·绵》

学生齐读。

教师讲解：说的是什么意思呢？是周的先祖亶父的故事。那个时候，正是商朝鼎盛时期，在黄土高原的西北边陲上生活着一个名为“周”的华夏部族。由于周边的戎狄民族经常前来侵扰，周部族每日都在恐惧与危险之中煎熬。

大约到了商朝武丁盛世的时候，周部族出现了一位杰出的领袖——周太王古公亶父。在亶父的率领下，周部族历经艰险，迁徙到了周原（今陕西省宝鸡市）。周部族在这里基本摆脱了戎狄的侵扰，开始发展壮大，最终建立了在中国历史上影响深远的周王朝。

《诗经·大雅·绵》就是周人用来纪念和歌颂亶父对周部族发展贡献的诗歌，诗中的“水浒”一词指的就是后来供周部族居住发展的周原。

因此“水浒”一词的含义就是“出路”“安身之地”的意思。

> 屏幕出示 水浒：出路、安身之地。

知道了这个意思，再来理解《水浒传》，是不是有恍然大悟的感觉？——宋江、武松、林冲、鲁智深等一众豪杰好汉由于种种原因无法在正常的社会中生活，人生的出路被生生截断，“八百里水泊”中的“梁山”便成了这些好汉唯一的出路与安身之地。

教师（总结）：“水浒”，词语的本源意味着在无路可走的绝境之中寻找出路的意思。也就是说《水浒传》以此为名，讲的应该就是梁山好汉寻找人生出路的故事。

三 为什么上梁山：在现实社会无出路

（过渡）那么梁山好汉除了走上梁山之外就没有别的出路了吗？或者说他们都是自觉自愿上梁山的吗？

学生讨论，指名发言。

教师：有个成语刚才大家说到了，对，逼上梁山。我们下面挑几个有代表性的人物来分析他们是怎样被逼上梁山的。

屏幕出示 林冲的故事。

教师：这个故事大家都熟悉，请一个同学简单地说一下吧。

指名讲解。

教师：工作安定，妻子美貌温柔，身为八十万禁军教头的林冲怎样地低声下气也没有逃脱被迫害的命运，最终被逼上梁山。

屏幕出示 武松的故事。

教师：还是请一位同学来讲一讲。

指名讲解。

教师：身为都头的武松在哥哥被谋杀的时候居然没有办法靠法律获取正义的实现，这是多么大的讽刺！后来谋害他的是谁？他的顶头上司。无路可走，落草为匪。

屏幕出示 宋江的故事。

教师：宋江为什么上梁山？有谁知道吗？

学生：吟反诗！

教师：很好，对故事很熟悉！那我再问一下，宋江想上梁山吗？（学生做沉思状）

那么我们来看一看宋江杀了阎婆惜之后路过梁山时的表现：

屏幕出示 宋江道："兄这话休提！这等不是抬举宋江，明明的是苦我。家中上有老父在堂，宋江不曾孝敬得一日，如何敢违了他的教训，负累了他？前者一时乘兴，与众位来相投，天幸使令石勇在村店里撞见在下，指引回家。父亲说出这个缘故，情愿叫小可明吃了官司；及断配出来，又频频嘱付；临行之时，又千叮万嘱，教我休为快乐，苦害家中，免累老父怆惶惊恐。因此，父亲明明训教宋江。小可不争随顺了，便是上逆天理，下违父教，做了不忠不孝的人，在世虽生何益？如不肯放宋江下山，情愿只就众位手里乞死！"说罢，泪如雨下，便拜倒在地。

教师：明明可以不做囚犯直接上山做好汉，他却选择继续服刑。有这样的造反者吗？刚才说到宋江吟反诗，有人会背这首词吗？还记得宋江是在什么情况下写的？我们来看一看。

屏幕出示（宋江）独自一个，一杯两盏，倚阑畅饮，不觉沉醉。猛然蓦上心来，思想道："我生在山东，长在郓城，学吏出身，结识了多少江湖好汉，虽留得一个虚名，目今三旬之上，名又不成，功又不就，倒被文了双颊，配来在这里。我家乡中老父和兄弟，如何得相见！"不觉酒涌上来，潸然泪下，临风触目，感恨伤怀。忽然作了一首《西江月》词调，便唤酒保，索借笔砚。起身观玩，见白粉壁上，多有先人题咏，宋江寻思道："何不就书于此？倘若他日身荣，再来经过，重睹一番，以记岁月，想今日之苦。"乘着酒兴，磨得墨浓，蘸得笔饱，去那白粉壁上，挥毫便写道："自幼曾攻经史，长成亦有权谋。恰如猛虎卧荒丘，潜伏爪牙忍受。不幸刺文双颊，那堪配在江州。他年若得报冤仇，血染浔阳江口！"

宋江写罢，自看了，大喜大笑。一面又饮了数杯酒，不觉欢喜，自狂荡起来，手舞足蹈，又拿起笔来，去那《西江月》后，再写下四句诗，道是："心在山东身在吴，飘蓬江海谩嗟吁。他时若遂凌云志，敢笑黄巢不丈夫。"宋江写罢诗，又去后面大书五字道："郓城宋江作"。

教师：各位，从哪儿看出他要造反？

学生："敢笑黄巢不丈夫！"

教师：好！有做警察的潜质！但是我们来看一看当地最高长官的分析是不是和你们一样。

屏幕出示 黄文炳道："小生夜来不敢进府，回至江边，无可消遣，却去浔阳楼上避热闲玩，观看前人吟咏，只见白粉壁上题下这篇。"知府道："却是何等样人写下？"黄文炳回道："相公，上面题着姓名，道是'郓城宋江作'。"知府道："这宋江却是甚么人？"黄文炳道："他分明写，自道'不幸刺文双颊，那堪配在江州'，眼见得只是个配军，牢城营犯罪的囚徒。"知府道："量这个配军，做得甚么！"黄文炳道："相公不可小觑了他！恰才相公所言，尊府恩相家书说小儿谣言，正应在本人身上。"知府道："何以见得？"黄文炳道："'耗国因家木'，耗散国家钱粮的人，必是'家'头着个'木'字，明明是个'宋'字。第二句'刀兵点水工'，兴起刀兵之人，'水'边着个'工'字，明是个'江'字。这个人姓宋名江，又作下反诗，明是天数，万民有福。"知府又问道："何为'纵横三十六，播乱在山东'？"黄文炳答道："或是六六之年，或是六六之数。'播乱在山东'，今郓城县正是山东地方。这四句谣言已都应了。"

教师：清朝有一个著名的文字狱："清风不识字，何故乱翻书！"看看黄文炳和蔡九知府的解读有没有文字狱的意思？他们说宋江是造反者的依据是宋江的题诗吗？

酒后狂言的宋江被安上了造反者的名头，想不上梁山都不可能了。

屏幕出示 柴进的故事。

教师（问）：有人知道柴进的出身吗？

学生（回答）：第九回有介绍：大周柴世宗子孙。自陈桥让位，太祖武德皇帝敕赐予他"丹书铁券"在家中。

教师：照例说这是最不应该造反的一个。他为什么上梁山？请看屏幕。

屏幕出示 柴进道："直阁休恁相欺！我家也是龙子龙孙，放着先朝丹书铁券，谁敢不敬？"殷天锡喝道："你将出来我看！"柴进道："现在沧州家里，已使人去取来。"殷天锡大怒道："这厮正是胡说！便有丹书铁券，我也不怕！左右，与我打这厮！"

教师：看看，连开国皇帝的"丹书铁券"也不怕。说这话的还只是知府高廉的小舅子。这大宋是不是已经没有了王法？"龙子龙孙"柴进只有上梁山一条路了！

教师总结：因为怎样地小心在意委曲求全，换来的都是进一步的伤害，被威逼到了悬崖边上，所以上梁山就成了冥冥之中注定的必然选择。

屏幕出示 现实没出路，被逼上梁山。

四 梁山是他们的最终出路吗？

过渡：三十六天罡、七十二地煞聚义之后，梁山达到了发展的最顶峰。同时也面临着继续选择出路的问题。我们思考一下，如果你是梁山的最高领导层，有什么样的道路可供选择？

学生讨论，总结。

指名发言：继续造反或者招安。

教师：我们知道好汉们最后选择了招安。那么我们来讨论一下：为什么招安这条路走不通？为什么他们的下场最终成了无意义的牺牲？

屏幕出示 且说中书省差到二员厢官，在陈桥驿给散酒肉，赏劳三军。谁想这伙官员，贪滥无厌，徇私作弊，克减酒肉，都是那等谗佞之徒，贪爱贿赂的人。却将御赐的官酒，每瓶克减只有半瓶，肉一斤，克减六两。前队军马尽行给散过了，后军散到一队皂军之中，都是头上黑盔，身披玄甲，却是项充、李衮所管的牌手。

那军汉中一个军校，接得酒肉过来看时，酒只半瓶，肉只十两，指着厢官骂道："都是你这等好利之徒，坏了朝廷恩赏！"厢官喝道："我怎得是好利之徒？"那军校道："皇帝赐俺一瓶酒，一斤肉，你都克减了。不是我们争嘴，堪恨你这厮们无道理，佛面上去刮金！"厢官骂道："你这大胆剐不尽杀不绝的贼！梁山泊反性尚不改！"军校大怒，把这酒和肉劈脸都打将去。厢官喝道："捉下这个泼贼！"

教师：故事发生在梁山好汉出发征辽的誓师大会上，居然是发生在这样一个场合！而且地点是在赵匡胤黄袍加身的陈桥驿！这个片段很有象征意义。说明什么？朝廷对于一个一直和其作对的造反队伍是不可能放心的。朝廷之所以同意招安，无非是无法用正规的手段把你剿灭，只好用招安的手段以贼制贼来消灭你。朝廷根本不相信好汉们的忠心耿耿。

教师：后来他们的结局大家都知道，宋江、卢俊义都被毒死了。好汉们星流云散。有人评价这本书，梁山好汉只反贪官不反皇帝，因为他们相信皇帝是好的，事情都被奸臣弄坏了。是这样吗？

屏幕出示 上皇见说，不胜伤感。次日早朝，天子大怒，当百官前，责骂高俅、杨戬："败国奸臣，坏寡人天下！"二人俯伏在地，叩头谢罪。蔡京、童贯亦向前奏道："人之生死，皆由注定。省院未有来文，不敢妄奏，其实不知。昨夜楚州才有申文到院，目今臣等正欲启奏圣上，正待敢问此事。"上皇终被四贼曲为掩饰，不加其罪。

教师(总结)：但事实上，皇帝不会容忍一群拥有造反精神的人盘踞在自己周围。

因此，招安注定是一条不归路。那么，继续造反，有没有可能打倒一个旧社会，建设一个新世界呢？

屏幕出示 (李逵说)放着我们有许多军马，便造反，怕怎地？晁盖哥哥便做了大皇帝，宋江哥哥便做了小皇帝，吴先生做个丞相，公孙道士便做个国师，我们都做个将军，杀去东京，夺了鸟位！在那里快活，却不好？不强似这个鸟水泊？

教师：大家讨论一下，李逵的远大理想有没有成功的可能？

学生讨论，指名发言。

教师：造反要成功，首先要靠人才。梁山泊有没有可以力挽天倾的人才？没有。宋江从前只是一个押司，吴用不过是一个教书先生，林冲再厉害只是八十万禁军教头当中的一个，鲁智深只是老种经略相公手下一个低级军官……这样的人才有多大可能颠覆一个国家呢？

梁山要发展其实还受很多制约，比如后勤保障。八百里水泊看似宽广无垠，其实进不足图远、退无以守成。但看他们打下一个城池立刻退回梁山就足以知晓——他们自知力量不足。他们也没有广泛的群众基础，从祝家庄、曾头市就可以看出，周围的百姓对他们是抵制的。这样的造反注定要失败。

五 《水浒传》悲剧的美学意识

教师总结:《水浒传》好就好在施耐庵先生以如椽巨笔塑造了一系列的“英雄好汉”,描绘了一幅波澜壮阔的画卷之后,在好汉们百般困顿、千番挣扎之后,仍然不可避免地坠入命运设置好的覆灭的深渊。

《水浒传》的悲剧就是:这些“英雄好汉”最后发现在这个黑暗世道中,纵有“梁山”这个可一时安身立命之地,却不长久,最终还是无路可走——继续聚首梁山,它是那么逼仄,容不下大量人口,不可能长期在这里安家落户,娶妻生子。

造反吧,实际兵马并不多,只能据险而守。朝廷之所以并未像剿杀方腊那样出动主力剿灭梁山,是因为梁山不构成对皇权的威胁,属于疥癣之疾——实际上,梁山最多也只能打打祝家庄这样的地方武装,成功掠财后还要马上退回山寨才行。进一步说,纵然可以走出梁山,拼命夺取天下,最终结果还不是梁山一众兄弟死伤大半后,这个世界上再多一位新皇帝!比如说,宋江成了皇帝,哪还能像在梁山上那般称兄道弟?

悲剧之美,莫过于此。

屏幕出示 悲剧将人生的有价值的东西毁灭给人看。——鲁迅

教师:亚里士多德把悲剧分为三种:社会悲剧、性格悲剧、命运悲剧,梁山好汉的悲剧属于哪一种?大家从这个方面来探究水浒故事,可能会有不一样的启发。

进于史也

——说说楔子和史进

一 什么是楔子

教师:“楔子者,以物出物之谓也。”那么,《水浒传》这个楔子写了什么,又引出来什么?

二 楔子引出了什么

教师:我们一起回顾一下楔子的内容。

学生讨论回顾。指名发言。

教师:下边我们仔细梳理一下。先看大屏幕。

> **屏幕出示** 宋太祖赵匡胤——宋太宗赵光义——宋真宗赵恒——宋仁宗赵祯——宋英宗赵曙——宋神宗赵顼——宋哲宗赵煦——宋徽宗赵佶

教师:宋徽宗时的事,为何从宋仁宗写起?

学生讨论总结。

教师：楔子是古代小说常用的一种写法，通常的作用是交代一些事情的背景或人物，以引出所要描写的事情。《水浒传》的楔子交代了历史背景："天下太平无事日，莺花无限日高眠。"水浒的故事从一个太平日久的朝代开始，宋代的盛世经过了一个三登之世，正是"天下太平，四方无事之时"。岂知这个"太平"，已是天下纷乱的开头，太平里正孵化着天下的大乱。

教师：那么我们从楔子里面能看出来天下大乱的苗头吗？从哪里可以看得出来？

学生讨论发言。

教师：从魔窟里放出来了很多妖魔。

屏幕出示 只得聚集众人，先把石碣放倒，一齐并力掘那石龟，半日方才掘得起。又掘下去，约有三四尺深，见一片大青石板，可方丈围。洪太尉叫再掘起来，真人又苦禀道："不可掘动！"太尉那里肯听。众人只得把石板一齐扛起，看时，石板底下却是一个万丈深浅地穴。只见穴内刮喇喇一声响亮，那响非同小可……那一声，响亮过处，只见一道黑气，从穴里滚将起来，掀塌了半个殿角。那道黑气直冲上半天里，空中散作百十道金光，望四面八方去了。众人吃了一惊，发声喊，都走了，撇下锄头铁锹，尽从殿内奔将出来，推倒攧三翻无数。惊得洪太尉目睁痴呆，罔知所措，面色如土，奔到廊下，只见真人向前叫苦不迭。太尉问道："走了的却是甚么妖魔？"真人道："太尉不知：此殿中，当初老祖天师洞玄真人传下法符，嘱付道：'此殿内镇锁著三十六员天罡星，七十二座地煞星，一共是一百单八个魔君在里面。上立石碣，凿著龙章凤篆姓名，镇住在此。若还放他出世，必恼下方生灵。'如今太尉放他走了，怎生是好！"

教师：本书主体是写好汉，为何楔子先写妖魔？

学生讨论，总结发言。

教师：这个楔子和排座次的正文是相结合的，施耐庵告诉我们，他要写的并非社会主流，而是统治者驾驭不了的反抗者，是“妖魔”。那么，妖魔为什么会出世？或者说谁制造了这些妖魔？

学生讨论思考。

教师：没错。“遇洪而开”，放出妖魔来的是洪太尉，知道宋朝的太尉是什么官职吗？

屏幕出示 太尉是辅佐皇帝的最高武官，汉代称大司马。宋代定为最高一级武官。

教师：宋仁宗派太尉去求龙虎山真人驱灾救民，规格很高啊。那我们来看一看这个太尉是怎样一个人。

屏幕出示 约莫走过了数个山头，三二里多路，看看脚酸腿软，正走不动，口里不说，肚里踌躇，心中想道：“我是朝廷贵官公子，在京师时重裀而卧，列鼎而食，尚兀自倦怠，何曾穿草鞋，走这般山路！知他天师在那里，却教下官受这般苦！”又行不到三五十步，掇着肩气喘。

指名学生分析。

教师：这样吃不得半点苦头的人，居然是太尉。一个武官走了二三里路就腰酸腿软，何其讽刺，可见腐化堕落到了什么程度。更讽刺的是他下山的情节。

屏幕出示 太尉拿着提炉，再寻旧路，奔下山来。

我们再看看这个太尉胆量如何。

屏幕出示 只见山凹里起一阵风，风过处，向那松树背后奔雷也似吼一声，扑地跳出一个吊睛白额锦毛大虫来。洪太尉吃了一惊，叫声：

"阿呀!"扑地望后便倒……那大虫望着洪太尉,左盘右旋,咆哮了一回,托地望后山坡下跳了去。洪太尉倒在树根底下,唬的三十六个牙齿捉对儿厮打,那心头一似十五个吊桶,七上八落的响,浑身却如重风麻木,两腿一似斗败公鸡,口里连声叫苦。大虫去了一盏茶时,方才爬将起来,再收拾地上香炉,还把龙香烧着,再上山来,务要寻见天师。

又行过三五十步,口里叹了数口气,怨道:"皇帝御限,差俺来这里,教我受这场惊恐。"说犹未了,只觉得那里又一阵风,吹得毒气直冲将来。太尉定睛看时,山边竹藤里簌簌地响,抢出一条吊桶大小、雪花也似蛇来。太尉见了,又吃一惊,撇了手炉,叫一声:"我今番死也!"望后便倒在盘砣石边……那条大蛇径抢到盘砣石边,朝着洪太尉盘做一堆,两只眼迸出金光,张开巨口,吐出舌头,喷那毒气在洪太尉脸上。惊得太尉三魂荡荡,七魄悠悠。那蛇看了洪太尉一回,望山下一溜,却早不见了。太尉方才爬得起来,说道:"惭愧!惊杀下官!"看身上时,寒栗子比馉饳儿大小。

指名学生分析。

教师:如果是普通人,我们可以谅解。但是作为武官之首,如此胆量,实在不可理解。可以设想,如果是在两军阵前,这种胆量恐怕不用打仗了。再来看看太尉的人品如何。

屏幕出示 太尉笑道:"胡说!你等要妄生怪事,煽惑百姓良民,故意安排这等去处,假称锁镇魔王,显耀你们道术。我读一鉴之书,何曾见锁魔之法。神鬼之道,处隔幽冥,我不信有魔王在内。快疾与我打开,我看魔王如何!"真人三回五次禀说:"此殿开不得,恐惹利害,有伤于人。"太尉大怒,指着道众说道:"你等不开与我看,回到朝廷,先奏你们众道士阻当宣诏,违别圣旨,不令我见天师的罪犯;后奏你等私设此殿，假称锁镇魔王，煽惑军民百姓。把你都追了度牒，刺配远恶军州受苦。”真人等惧怕太尉权势，只得唤几个火工道人来……

学生分析，指名发言。

教师：随口定人罪状，倚势霸道、蛮横倨傲得无以复加。为了满足自己的一点好奇心，就不顾有可能危害天下生灵的严重后果！再来看看，太尉有没有担当，惹出了后患无穷的麻烦时有没有采取措施解决问题。

屏幕出示 再说洪太尉在路上分付从人，教把走妖魔一节休说与外人知道，恐天子知而见责。

学生讨论分析，指名发言。

教师：去龙虎山请张天师来京都做道场，祈禳民间瘟疫，不一定要最高军事长官去。差个“尚书”“九卿”或“御史”等文官去似乎更为合适。书中之所以写派了个“太尉”去，以致放走了妖魔，我想大概是暗喻“盗贼猖獗”乃军事长官失职所致，也可能有为了影射后来的高太尉的因素。开篇第一回不见水浒好汉，先有高俅太尉粉墨登场，正式预示了“乱自上作”这一千古不易的命题。

教师总结：《水浒传》的故事是从嘉祐三年的瘟疫这段看上去无足轻重的小插曲开始的，然后一步一步地，这个小插曲当中被深藏的悲剧性开始慢慢地浮现出来：圣明的君主在慢慢地老去，他的原则也在慢慢地被选择性地淡忘，于是“瘟疫”开始悄无声息地扩散开来。这个开篇是一个暗喻：这是这个帝国的顶峰，同时也是她走向衰亡的起点，从这个起点开始，王道乐土开始一步一步地变成水浒。因此，《水浒传》前面的楔子正是为了引出和诠释后面的正文所写，对后面的正文起了画龙点睛的作用，细细品味这篇楔子，弄懂它的含义，有助于对后面正文所藏深意的挖掘与理解，切切不可以闲文视之。

三 史进——“叛逆少年”的江湖之路

过渡：楔子明明白白地刻画了一部社会发展史，一部专制王朝的堕落史。下面我们来看看水浒好汉中第一个出场的史进。对于史进，金圣叹是这样评价的：

屏幕出示 史之为言史也，固也。进之为言何也？曰：彼固自许，虽稗史，然已进于史也。史进之为言进于史，固也。

也就是说，史进这个人物预示着历史。我们不做本书的思想意义分析，单单看史进这个人物的经历，有没有“进于史”？

教师：请大家回顾全书，说一说对于史进这个人的整体评价。

学生讨论总结。指名发言。

屏幕出示 史进的成长史。

教师：我们分阶段来看一看史进的成长史。谁来回顾一下史进的第一次出场？

学生回顾。指名发言。

屏幕出示 叛逆的青春期。

教师：大家有没有注意到史进出场这么一段文字？

屏幕出示 只见空地上一个后生，脱膊着，刺着一身青龙，银盘也似一个面皮，约有十八九岁，拿条棒在那里使。

教师：电影《九纹龙史进替天行道》剧照中史进手里拿着刀，是不是在导演的眼里，史进也是不良少年？

屏幕出示 老汉的儿子从小不务农业，只爱刺枪使棒。母亲说他不得，呕气死了。

学生讨论分析。

教师：不务正业，每天使枪弄棒打打杀杀，不听母亲的管教，活活把母亲气死了！就是今天的问题少年恐怕也没有这么叛逆的吧？母亲死了之后，他改了没有？没有！

屏幕出示 老汉只得随他性子，不知使了多少钱财，投师父教他。又请高手匠人，与他刺了这身花绣，肩臂胸膛总有九条龙，满县人口顺，都叫他做九纹龙史进。

教师：从史太公的话里面，你能看出作为父亲的无奈吗？那么，一意孤行的史进在使枪弄棒这条路上走得顺利吗？（学生讨论）没错，极不顺利。他经历了七八位江湖有名的师父，结果呢？只学得一身花拳绣腿。被王进一下子打倒了。对吧？

我们细细思考一下，如果不是有幸遇见了王进，那么学了一身花拳绣腿的史进会是什么样子？一事无成，对不对？

教师（总结）：天下有多少忤逆父母的“史进”，又有几个有幸遇到“王进”的呢？

教师：我们继续追寻史进的成长道路。史进在父亲死了之后是怎样生活的呢？

屏幕出示 史进家自此无人管业。史进又不肯务农，只要寻人使家生，较量枪棒。

教师：反正家大业大，不愁生活。一直这样生活下去也还不错。

屏幕出示 史进归到厅前，寻思：这厮们大弄，必要来薅恼村坊。既然如此，便叫庄客拣两头肥水牛来杀了，庄内自有造下的好酒，先烧了一陌顺溜纸，便叫庄客去请这当村里三四百史家庄户，都到家中草堂上，序齿坐下。教庄客一面把盏劝酒，史进对众人说道："我听得少华山上有三个强人，聚集着五七百小喽啰，打家劫舍。这厮们既然大弄，必然早晚要来俺村中啰唣。我今特请你众人来商议，倘若那厮们来时，各家准备。我庄上打起梆子，你众人可各执枪棒前来救应。你各家有事，亦是如此。递相救护，共保村坊。如若强人自来，都是我来理会。"众人道："我等村农，只靠大郎做主。梆子响时，谁敢不来。"当晚众人谢酒，各自分付，回家准备器械。自此史进修整门户墙垣，安排庄院，拴束衣甲，整顿刀马，提防贼寇，不在话下。

教师：金圣叹评价这一段："读之，令人壮气，真好史进也。"一个充满正义感的阳光少年跃然纸上。史进是什么时候发生改变的呢？大家回顾一下情节。

学生回顾。指名发言。

教师：史进捉了一个强盗，然后被两个强盗的苦肉计迷惑了，并且和强盗们成了朋友！大家能理解这种奇怪的转变吗？

屏幕出示 史进上了马，正待出庄门，只见朱武、杨春步行已到庄前，两个双双跪下，擎着两眼泪。史进下马来喝道："你两个跪下如何说？"朱武哭道："小人等三个，累被官司逼迫，不得已上山落草。当初发愿道：'不求同日生，只愿同日死。'虽不及关、张、刘备的义气，其心则同。今日小弟陈达不听好言，误犯虎威，已被英雄擒捉在贵庄，无计恳求，今来一径就死。望英雄将我三人一发解官请赏，誓不皱眉。我等就英雄手内请死，并无怨心。"史进听了，寻思道："他们直恁义气！我若拿他去解官请赏时，反教天下好汉们耻笑我不英雄。自古道：

'大虫不吃伏肉。'"史进便道:"你两个且跟我进来。"朱武、杨春并无惧怯,随了史进直到后厅前跪下,又教史进绑缚……三人谢了史进,回山去了。史进送出庄门,自回庄上。

却说朱武等三人归到寨中坐下,朱武道:"我们不是这条苦计,怎得性命在此……"

教师:史进放了他们几个,并且从此之后和他们时相往来,成了朋友。他们应该是肝胆相照的好朋友了,对不对?史进是真的拿他们当朋友的。所以才有了后来的烧庄园毁家业救他们出包围圈。史进是真义气。朱武几个也应该为史进两肋插刀,对不对?我们看一看史进失陷青州时候的故事。

屏幕出示 朱武道:"小人等三个在此山寨,自从史大官人上山以后,好生兴旺。近日史大官人下山,因撞见一个画匠,原是北京大名府人氏,姓王,名义;因许下西岳华山金天圣帝庙内装画影壁,前去还愿。因为带将一个女儿,名唤玉娇枝同行,却被本州贺太守——原是蔡太师门人,那厮为官贪滥,非理害民。一日因来庙里行香,不想见了玉娇枝有些颜色,累次著人来说,要取他为妾。王义不从,太守将他女儿强夺了去,却把王义刺配远恶军州。路过这里,正撞见史大官人,告说这件事。史大官人把王义救在山上,将两个防送公人杀了,直去府里要刺贺太守;被人知觉,倒吃拿了,见监在牢里。又要聚起军马,扫荡山寨。我等正在这里无计可施!"

鲁智深听了道:"这撮鸟敢如此无礼!倒恁么利害!洒家便去结果了那厮!"朱武道:"且请二位到寨里商议。"鲁智深立意不肯。武松一手挽住禅杖,一手指著道:"哥哥不见色已到树梢尽头?"鲁智深看一看,吼了一声,愤著气,只得都到山寨里坐下。朱武便叫王义出来拜见,再诉太守贪酷害民,强占良家女子。三人一面杀牛宰马,管待鲁智深、武松。鲁智深道："史家兄弟不在这里，酒是一滴不吃！要便睡一夜，明日却去州里打死那厮罢！"……朱武又劝道："师兄且息怒。武都头实论得是。"鲁智深焦躁起来，便道："都是你这般性慢，直娘贼送了我史家兄弟！只今性命在他人手里，还要饮酒细商！"众人那里劝得他呷一半盏。当晚和衣歇宿，明早，起个四更，提了禅杖，带了戒刀，不知那里去了。武松道："不听人说，此去必然有失。"朱武随即差两个精细小喽罗，前去打听消息。

教师：我们对比一下朱武和鲁智深的反应，谁是真朋友？鲁智深和史进交往多久？如果你是史进，知道了这些，会不会有一点想法？

屏幕出示 当日先差史进、石秀、陈达、杨春、李忠、薛永六员将校，带领三千步军，前去出哨……说言未了，飕的一箭，正中史进，跌下马去……五员将顾不得史进，各人逃命而走。

教师：注意这一段，顾不得史进的有陈达、杨春。

屏幕出示 史进、石秀等六人，不曾透一个出来，做一堆儿都被射死在关下。三千步卒，止剩得百余个小军，逃得回来，见卢先锋说知此事。卢先锋听了大惊，如痴似醉，呆了半晌。神机军师朱武为陈达、杨春垂泪已毕，谏道："先锋且勿烦恼，有误大事，可以别商量一个计策，去夺关斩将，报此仇恨。"

教师：朱武是什么表现？在昱岭关下，乱箭射入史进身体的时候，无论是多年的伙伴杨春、陈达，还是启蒙老师李忠都是分头逃命。消息传到大营的时候，多年前跪在史进面前求饶，并把史进拉入江湖的朱武则是为陈达、杨春哭了一场，半分也没有提到史进。史进泉下有知，会不会后悔？

教师（总结）："叛逆少年"史进的江湖路最终悲剧收场。我们梳理一下他的人生：叛逆少年因为义气踏入江湖，最终被抛弃。天微星，自以为是星光熠熠，哪知道在别人的眼里微不足道。史进的名字，史进的故事，是不是在告诫我们该走怎样的人生路？

屏幕出示 人生的道路虽然漫长，但紧要处常常只有几步，特别是当人年轻的时候。

——作家柳青

什么样的社会会催发人性的恶

——逼上梁山的真相

一 导 入

教师：在开始研究《水浒传》之前，先问大家一个和《水浒传》无关的问题。有人问余秋雨先生："如果可以穿越到古代，你愿意选择哪个朝代？"余秋雨先生说："靖康之变前的北宋。"知道他这样选择的理由是什么吗？回顾一下你们学习的历史知识。

学生讨论回答。

教师：是啊，从《清明上河图》就可以看出当时社会商业繁荣、生活便利、水陆运输繁忙、都市生活繁荣的景象，文人地位空前提高，文化创造达到顶峰。这是张择端描绘的北宋，是余秋雨向往的北宋，但不是施耐庵笔下的北宋。

施耐庵笔下的北宋社会状态是什么样子？

屏幕出示 地狱

教师：你认同这个判断吗？你心中的地狱是什么样子？

学生回答。

教师：在我看来，真正的地狱，是人为了活下去，不得不把自己变成鬼！

二 丛林社会和丛林法则

教师：我们下边挑一些有代表性的人物，来分析一下：人，是如何变成鬼的。

> 屏幕出示 林冲

指名回顾林冲的生平。

教师：他拥有不高也不低的职位、美丽的妻子、和睦的家庭、高超的武艺，还有几个知心好友。我们理想中平凡而幸福的生活不正是如此吗？

> 屏幕出示 林冲把陆虞候家打得粉碎，将娘子下楼。出得门外看时，邻舍两边都闭了门。女使锦儿接着，三个人一处归家去了。
>
> 林冲拿了一把解腕尖刀，径奔到樊楼前去寻陆虞候，也不见了。却回来他门前等了一晚，不见回家，林冲自归。

教师：然而作者告诉我们：你不找事，事也会来找你。高衙内闯进了普通良民林冲的生活，于是这一切美好的东西都被撕碎了。大好的前途没了，幸福的婚姻没了，最好的朋友背叛了他。就因为一个高衙内看上了他妻子，一夜之间，他几十年奋斗得来的东西全都没有了。

即使如此，他还是忍耐。他甚至没有去找高衙内的麻烦。有人说这正反映了他的懦弱，平心而论，换了你我，敢去打太尉的儿子吗？

学生讨论回答。

> 屏幕出示 林冲方才闪开眼看时，认得是鲁智深。林冲连忙叫道："师兄，不可下手！我有话说。"智深听得，收住禅杖。两个公人呆了半晌，

动弹不得。林冲道:"非干他两个事,尽是高太尉使陆虞候分付他两个公人,要害我性命。他两个怎不依他。你若打杀他两个,也是冤屈!"

学生思考:从这一段可以看出林冲是一个怎样的人?

教师:甚至当两个公人差点杀了他,他还是劝鲁智深不要杀了这两个公人。因为林冲还相信,靠勤勉和本分,自己有朝一日还能挣回所有的一切。吃了冤枉官司,做了囚犯,差点送命的林冲,仍然秉持着善良的本心。这绝对不是"懦弱"二字可以解释的。

屏幕出示 三人在庙檐下立地看火。……一个道:"再看一看,拾得他一两块骨头回京,府里见太尉和衙内时,也道我们也能会干事。"

林冲听那三个人时,一个是差拨,一个是陆虞候,一个是富安。林冲道:"天可怜见林冲!若不是倒了草厅,我准定被这厮们烧死了!"

教师:他还是想做个清清白白的正经人。直到草料场那一夜的忍无可忍。从前有同学问我,有可能发生这样的人间悲剧吗?我无从回答。

林冲没有能力推翻北宋政权,他只能落草为寇,给我们留下了一个悲怆至极的成语——逼上梁山!但是,做坏人就很容易吗?

屏幕出示 王伦道:"与你三日限。若三日内有投名状来,便容你入伙;若三日内没时,只得休怪。"林冲应承了,自回房中宿歇,闷闷不已。

教师:林冲终于被逼上梁山。在那里等着他的是最后一道试炼:投名状。

你要做坏人?先杀个无辜的人。林冲蹲在山下等了几天,想动手,又没机会。敢情当个坏人也这么难。真的难吗？还是你骨子里不够坏？

做坏人第一个要杀的不是别人，正是还有良知的自己。纳了这投名状，从前那个一心想做正经人的自己也就彻底死去了，从此之后，世上少了一个良民，多了一个魔头。

> 屏幕出示 武松

指名回顾武松的生平。

> 屏幕出示 武松就灵床子前点起灯烛，铺设酒肴。到两个更次，安排得端正，武松扑翻身便拜道："哥哥阴魂不远！你在世时软弱，今日死后不见分明。你若是负屈衔冤，被人害了，托梦与我，兄弟替你做主报仇！"把酒浇奠了，烧化冥用纸钱，武松放声大哭，哭得那两边邻舍无不凄惶。

教师：武松在灵堂哭泣的那个夜晚，读来令人心碎。

哥哥死得蹊跷，武松一看便知。他从小吃尽苦头，心思细腻，又做了两年逃犯，江湖经验极丰富，这点手段如何瞒得过他！于是他默默查清真相，收集了全部证据，准备用法律手段让仇人得到应有的下场。

> 屏幕出示 次日早晨，武松在厅上告禀，催逼知县拿人。谁想这官人贪图贿赂，回出骨殖并银子来，说道："武松，你休听外人挑拨你和西门庆做对头。这件事不明白，难以对理。圣人云：'经目之事，犹恐未真；背后之言，岂能全信？'不可一时造次。"狱吏便道："都头，但凡人命之事，须要尸、伤、病、物、踪五件俱全，方可推问得。"

教师：武松不是天生杀人狂，他也曾相信法律，相信公道。他的公道却没有来。

整个县衙都被西门庆买通了。那么武松怎么办？忍了这口气？是可忍，孰不可忍。如果武松不去为对自己恩重如山的哥哥讨回公道，他还配做人吗？于是武松做了个决定，他决定放弃自己的人生。法律不给我公道，我自己来给自己公道。

哥哥的恩情已经无法再报，自己生活的意义是什么呢？

就这样，他到了孟州。此时的他，毫不遮掩自己的桀骜不驯，仿佛打虎当日喝醉后的不顾一切。前途已经如此黯淡，再糟又能怎样呢？他就这样卷入施恩与蒋门神的恩怨。

屏幕出示 武松到厅下，拜了张都监，叉手立在侧边。张都监便对武松道："我闻知你是个大丈夫，男子汉，英雄无敌，敢与人同死同生。我帐前现缺恁地一个人，不知你肯与我做亲随体己人么？"武松跪下，称谢道："小人是个牢城营内囚徒，若蒙恩相抬举，小人当以执鞭坠镫，伏侍恩相。"……武松自从在张都监宅里，相公见爱，但是人有些公事来央浼他的，武松对都监相公说了，无有不依。外人都送些金银、财帛、缎匹等件，武松买个柳藤箱子，把这送的东西都锁在里面，不在话下。

教师：张都监出现了，他给了武松目标与希望。金钱、地位这些都无所谓，武松把钱都锁进了箱子。最重要的是希望，在张都监这里，武松忽然看到了重新开始的可能，他甚至有了一个未婚妻。武松的精神久违地一振：难道这样的自己还能为了什么而奋斗吗？

一切的一切原来是个骗局。希望之后是更深的绝望。那些关于未来的美梦，一个个全都破碎了，只剩下一片黑暗。

屏幕出示 ……蘸着血，去白粉壁上大写下八字道："杀人者，打虎武松也！"

教师：我们不要看那些血淋淋的文字了。思考一下，武松为什么要留下姓名，他不怕官府追踪吗？

学生讨论回答。

教师：这是挑衅，是炫耀？不，这是投名状——只不过这个投名状是他自己，那个曾经青春懵懂、曾经英雄侠义、曾经对未来充满希望的武松被“杀死”了。

教师：有官职的林冲和武松尚且无路可走，那些普通百姓在被人欺侮的时候能怎么办？上梁山吧。

但是，所有上梁山的人都是被朝廷逼迫的吗？

屏幕出示 朱仝。

指名回顾朱仝的经历。

屏幕出示 朱仝虚闪一闪，放开条路，让晁盖走了。

宋江道：“上下官司之事，全望兄长维持。金帛使用，只顾来取。”朱仝道：“这事放心，都在我身上。兄长只顾安排去路。”宋江谢了朱仝，再入地窨子去。

教师：朱仝这个人长得像关公，做事也像关公。义气深重，人见人爱，充满魅力。他为了义气，放走了晁盖，又放走了宋江。如果没有他，梁山的两任寨主连村口都出不去。

然而这却成了朱仝这辈子最后悔的事情。

搭档雷横犯了事，朱仝故技重施，偷偷放了他，不惜为此被判了个玩忽职守，刺配沧州。在沧州，朱仝凭着自己的聪明机灵很快就获得了知府的赏识和其子小衙内的喜爱。伶俐人到哪里都吃得开，不出意外的话，相信不久之后，朱仝的生活就能回归正轨了。

屏幕出示 李逵道：“被我把些麻药抹在口里，直驮出城来，如今睡在林子里，你自请去看。”朱仝乘着月色明朗，径抢入林子里寻时，只见小衙内倒在地上。朱仝便把手去扶时，只见头劈做两半个，已死在那里。

教师：大家怎么评价这一段文字？

学生讨论回答。

教师：朱仝做着东山再起的美梦，但看到小衙内支离破碎的尸体的那一刻，从没失态过的朱仝疯了，他冲上去想和李逵拼个你死我活，却被吴用等人的一跪挡了回来。看着自己不惜牺牲前途也要放走的兄弟们如今居然想出如此毒计来陷害自己，看着那么可爱的一个小孩子因为自己的缘故惨遭横死，朱仝何尝不想把面前这些所谓兄弟全都砍了。可他能吗？他连李逵都制服不了。

他打心眼里不想和这些人待在一块，可他还能去哪呢？

有没有人想打破这个死循环，想要离开梁山泊？

学生回顾。讨论回答。

教师：有的。

屏幕出示 公孙胜

公孙胜道："贫道幼年飘荡江湖，多与好汉们相聚。自从梁山泊分别回乡，非是昧心：一者母亲年老无人奉侍；二乃本师罗真人留在座前听教。恐怕山寨有人寻来，故意改名清道人，隐居在此。"戴宗道："今者宋公明正在危急之际，师父慈悲，只得去走一遭。"公孙胜道："干碍老母无人养赡，本师罗真人如何肯放，其实去不得了。"

学生讨论分析。

教师：从这些文字看，公孙胜是想脱离梁山泊的。结果费尽心思躲藏，却还是被强行带回了山寨。

三 病态的社会造就病态的人

教师：我们做了很多分析，所有人上梁山都有一个迫不得已的理由。根源在哪里？如果根子不在个人身上，那么一定是这个社会出了问题。

屏幕出示 病态的社会造就病态的人，然后病态的人组成了病态的社会。

教师：我们记得，在梁山好汉没有出场之前，有一个人在第一回就出场了，是谁？

屏幕出示 高俅

学生回顾高俅的发迹史。指名回答。

教师：高俅是什么出身呢？泼皮，也就是流氓无赖。

高俅这样的人是怎么坐上太尉的位子的？因为他善于钻营。

学生回顾本书描写的贪腐官员。

教师：天下的大贼，就是以宋徽宗为首的统治者们。生辰纲是献给谁的？蔡太师。花石纲是谁专管的？童枢相。高太尉是怎么发迹的？踢球。燕青在哪儿见到的皇帝？妓院！

四大寇为什么能一呼百应？为什么武松和林冲得不到法律应有的公道？

梁山的小贼杀人尚有尸首可寻，朝廷的大贼吃人却不吐骨头。最凶残的恶人不在梁山，而是这些在谈笑间让数万生灵涂炭的国之蛀虫。

庄子说："君不闻窃钩者诛，窃国者侯。"

上山？不上山？招安？不招安？无论哪条路都是死路。

所以前人总结了为什么会有"水浒"——乱自上作。

屏幕显示 《水浒传》卷尾诗：煞曜罡星今已矣，谗臣贼子尚依然。

四 总 结

教师：纵观《水浒传》，你找不到一个没有缺点的人物，每一个主角都只是如你我一样有优点也有缺点的普通人，一百零八将，一百零八种面目，却只能走向同一个归宿。

他们可恨吗？当然可恨。

当人间成为炼狱，世人如何不做恶鬼？

他们有多可恨，就有多可悲。

因为他们千般忍耐、万般挣扎，却发现自己只能变成鬼，只有变成鬼才能活下去。

《水浒传》是一部关于人生，关于社会，关于世界的大悲剧。《水浒传》讲的是在一个扭曲的世界中普通人的选择与畸变。作者的春秋笔法不做评判，而其中的悲壮与凄凉却透纸而来。

《水浒传》不只属于一个时代，而属于所有时代。

《水浒传》最大的意义，也许就在于此吧。

朝廷送人上梁山

——董超、薛霸的符号意义

一 导 入

教师：今天我们继续研究《水浒传》，先问一个问题，《水浒传》里最厉害的人是谁？

学生讨论回答。

教师：大家说了不少，但是我认为，最厉害的人非董超、薛霸莫属。

教师：为什么这么说？水泊梁山最厉害的两个人物林冲和卢俊义差点一前一后死在他们手里！你说他们厉害不厉害？

二 法者，天下之公器？

教师（过渡）：大家都知道我刚才是在开玩笑。但是我们认真回顾一下，这两个小人物的出场，是巧合，还是施耐庵的精心安排？

学生讨论。

1. 恐怖的发配

屏幕出示 金圣叹语：最先上梁山者，林武师也；最后上梁山者，卢员外也。林武师，是董超、薛霸之所押解也；卢员外，又是董超、薛霸之所押解也。其押解之文，乃至于不换一字者，非耐庵有江郎才尽之日，盖特特为此，以销一书之两头也。

教师：英雄所见略同。这董超、薛霸是施耐庵匠心独运之安排。我们来看看一些可能大家不太注意的文字。

屏幕出示 那人道："既是如此，相烦二位。我是高太尉府心腹人陆虞候便是。"董超、薛霸喏喏连声，说道："小人何等样人，敢共对席。"陆谦道："你二位也知林冲和太尉是对头。今奉着太尉钧旨，教将这十两金子送与二位，望你两个领诺，不必远去，只就前面僻静去处把林冲结果了，就彼处讨纸回状回来便了。若开封府但有话说，太尉自行分付，并不妨事。"……当下薛霸收了金子，说道："官人放心，多是五站路，少只两程，便有分晓。"陆谦大喜道："还是薛端公真是爽利，明日到地了时，是必揭取林冲脸上金印回来做表证，陆谦再包办二位十两金子相谢。专等好音。切不可相误。"

董超、薛霸到得那里酒店内，李固接着，请至阁儿里坐下，一面铺排酒食管待。三杯酒罢，李固开言说道："实不相瞒上下，卢员外是我仇家。如今配去沙门岛，路途遥远，他又没一文，教你两个空费了盘缠，急待回来，也得三四个月。我没甚的相送，两锭大银，权为压手。多只两程，少无数里，就便的去处，结果了他性命，揭取脸上金印回来表证，教我知道，每人再送五十两蒜条金与你。你们只动得一张文书，留守司房里，我自理会。"董超、薛霸两个相觑……董超道："只怕行不得？"薛霸便道："哥哥，这李官人也是个好男子。我们也把件事结识了他，若有急难之处，要他照管。"李固道："我不是忘恩失义的人，慢慢地报答你两个。"

教师：大家看，林冲和卢俊义的发配，一个在东京，一个在大名府，但是陆虞候和李固买凶杀人的流程几乎是一样的：揭取脸上金印回来表证。这说明什么？是不是整个大宋谋害犯人的潜规则已经形成？

有区别的只是给的金子有多有少：高太尉位高权重给的少一些，李固是个平头百姓给的就多一些。其他的像定金付多少，尾款如何支付简直一模一样。想一想，让人不寒而栗。

教师（过渡）：仅仅董超、薛霸这两个人堕落了吗？恐怕不是的。大宋官员凡是在这本书里出场的几乎全部是反面人物。《水浒传》写了许多官司，这些官司有一个共同点，那就是无一场官司是公正的，无一场官司不是受到权力和金钱的左右。司法的普遍不公，在“水浒”的世界里，已经成为“常例”。请注意频繁出现在书里的这个词：常例。“常例”，从字面上理解，应当是常有的、大伙儿都明白的规矩。“常例”对应的是“特例”。

被发配的犯人有着被公差谋害的危险，如果要免除这种危险，最好的办法是什么？花钱收买。这就是发配路上的“常例”。

屏幕出示 看看天色又晚，三个人投村中客店里来。到得房内，两个公人放了棍棒，解下包裹。林冲也把包来解了，不等公人开口，去包裹取些碎银两，央店小二买些酒肉，籴些米来，安排盘馔，请两个防送公人坐了吃。

武松见他两个小心，也不和他计较；包裹里有的是金银，但过村坊铺店，便买酒买肉和他两个公人吃。

只说宋江和两公人上路。那张千、李万已得了宋江银两，又因他是好汉，因此，于路上只是伏侍宋江。

2. 恐怖的常例

教师：我注意到这个词之后，毛骨悚然。然后在书里仔细搜寻，我们一起来看一看。

屏幕出示 却有那一般的罪人，都来看觑他，对林冲说道："此间管营、差拨十分害人，只是要诈人钱物。若有人情钱物送与他时，便觑的你好；若是无钱，将你撇在土牢里，求生不生，求死不死。若得了人情，入门便不打你一百杀威棒，只说有病把来寄下；若不得人情时，这一百棒打得七死八活。"……林冲等他发作过了，却取五两银子，陪着笑脸告道："差拨哥哥，些小薄礼，休言小微。"差拨看了道："你教我送与管营和俺的都在里面？"林冲道："只是送与差拨哥哥的。另有十两银子，就烦差拨哥哥送与管营。"

教师：林冲刚到沧州牢城营内，老犯人就前来介绍"黑牢"行情："此间管营、差拨十分害人，只是要诈人财物。若有人情钱物送与他时，便觑的你好；若是无钱，将你撇在土牢里，求生不生，求死不死。若得了人情，入门便不打你一百杀威棒，只说有病把来寄下；若不得人情时，这一百棒打得七死八活。"——我的理解，这管营是管理大牢内部事务的小吏，差拨是管理罪犯大牢外的劳动改造，管营可以让你进土牢，差拨可以用劳动来折磨你。送不送钱，罪犯的工种有很大的差别，是让你去搬石头、筛沙子，还是让你去食堂煮饭或者打扫卫生？林冲使了钱，便得了看守天王堂的轻松差使。而且这种"常例"是有固定价目的，众罪犯告诉林冲，管营和差拨一人给五两银子比较合适。

屏幕出示 差拨道："你也是安眉带眼的人，直须要我开口说。你是景阳冈打虎的好汉，阳谷县做都头，只道你晓事，如何这等不达时务？你敢来我这里，猫儿也不吃你打了！"武松道："你倒来发话，指望老爷送人情与你，半文也没！我精拳头有一双相送！金银有些，留了自买酒吃，看你怎地奈何我！没地里倒把我发回阳谷县去不成？"那差拨大怒去了。又有众囚徒走拢来说道："好汉，你和他强了，少间苦也！他如今去和管营相公说了，必然害你性命！"……管营喝叫除了行枷，说道："你那囚徒，省得太祖武德皇帝旧制，但凡初到配军，须打一百杀威棒。那兜拕的，背将起来！"

教师：对"黑牢"规则阐释最清楚的就是武松刺配到孟州的这一节。武松如林冲一样被老犯人提醒，让他准备"常例"免受皮肉之苦，武松倔犟不听，众囚犯劝道："好汉，休说这话！古人道：不怕官，只怕管。在人矮檐下，如何不低头。只是小心便好。"——这两句民谚至今还被广泛使用，真是令人心寒。

有意思的是差拨见不到武松主动给他银子，前来训斥："你也是安眉带眼的人，直须要我开口说？你是景阳冈打虎的好汉，在阳谷县做过都头，只道你晓事，如何这等不达时务！"这差拨简直在骂武松是他们"公人"队伍中的傻子，没见过世面的囚犯需要提醒尚可理解，你武松做过都头，想必当初也拿过"常例"，竟然需要提醒。

屏幕出示 话说当时宋江别了差拨，出抄事房来，到点视厅上看时，见那节级掇条凳子坐在厅前，高声喝道："那个是新配到囚徒？"牌头指着宋江道："这个便是。"那节级便骂道："你这黑矮杀才！倚仗谁的势要，不送常例钱来与我？……那兜驮的，与我背起来，且打这厮一百讯棍！"……拿起讯棍，便奔来打宋江。宋江说道："节级，你要打我，我得何罪？"那人大喝道："你这贼配军是我手里行货，轻咳嗽便是罪过！"宋江道："你便寻我过失，也不计利害，也不到的该死。"那人怒道："你说不该死，我要结果你也不难，只似打杀一个苍蝇。"

教师：这一百讯棍如果真的打下来，宋江一定死了。宋江面子大，有银子。那么其他没面子没银子被打杀威棒的人有多少？又有多少人因此而死去？

大家有没有注意到，以上三段引用的文字除了"常例"这个共同点之外，还有一个共同点，就是没有给钱之后的惩罚也是一样的：一百棒！沧州、江州、孟州，相隔千里，居然如此不约而同。细细想来，让人毛骨悚然。

3. 无原则的审判

教师：林冲也好，卢俊义也好，之所以沦落到被发配，时刻面临生命危险，原因在于遭遇到了不公正的审判。可能有人说，哪里有几个人会像他们那样倒霉，被高太尉和梁中书冤枉呢？这是个例吗？他们这样的人都没有办法免除司法伤害，平头百姓就更不用想了，那些贪官恶霸随时有可能出现，夺去他们的性命。

屏幕出示 毛仲义道："我家昨夜自射得一个大虫，如何来白赖我的？乘势抢掳我家财，打碎家中什物，当得何罪？解上本州，也与本州除了一害！"

原来毛仲义五更时先把大虫解上州里去了，却带了若干做公的来捉解珍、解宝。……毛太公教把他两个使的钢叉并一包赃物，扛了许多打碎的家火什物，将解珍、解宝剥得赤条条地，背剪绑抬了，解上州里来。本州有个六案孔目，姓王名正，却是毛太公的女婿，已自先去知府面前禀说了。才把解珍、解宝押到厅前，不由分说，捆翻便打，定要他两个招做"混赖大虫，各执钢叉，因而抢掳财物"。……毛太公、毛仲义自回庄上商议道："这两个男女却放他不得！不如一发结果了他，免致后患。"当时父子二人自来州里，分付孔目王正："与我一发斩草除根，萌芽不发。我这里自行与知府的打关节。"

教师：解珍、解宝与毛太公的争端完全是场民事纠纷，可官方因为受了毛太公的贿赂，公然介入民事纠纷。兄弟二人打死的老虎，滚进毛太公的庄园，毛太公为了贪功将大虫据为己有。诬陷解氏兄弟抢掳他家钱财。为小小的一件涉及猎物归属的民事案，毛太公要置二人于死地，而且办案的孔目竟然是毛太公的女婿——连起码的回避都没有。两人被押进死囚牢里，毛家用银子买通了节级包吉，图谋害死兄弟二人。你且细看他们安排得如何井井有条，如何捉人，如何栽赃，如何带凶器，如何在捉人之前就定人罪名，如何事后从容安排杀人，就知道他们绝对不是第一次做这样的事。解珍、解宝这件官司的偶然性当中有着绝对的必然性。

4. 无意中透漏的真相

教师：我读《水浒传》认真追索“常例”的时候，还有一个有趣的发现，那就是很多时候作者没有把各级官吏索取贿赂当成批判的对象，而是自然而然地笔下流露：事情到了这个时候，就得要这样办理，否则就说不通，情节就没有办法往下进行。大家且看：

屏幕出示 雷横放了那汉，一齐再入草堂里来。晁盖取出十两花银，送与雷横道：“都头休嫌轻微，望赐笑留。”雷横道：“不当如此。”晁盖道：“若是不肯收受时，便是怪小人。”雷横道：“既是保正厚意，权且收受。改日却得报答。”晁盖叫那汉拜谢了雷横。晁盖又取些银两赏了众士兵，再送出庄门外。雷横相别了，引着士兵自去。

教师：我们不多分析，只看回目就知道作者的倾向性了，对吧？我们省点事，还是回头看看刚才研究过的熟悉的章节。

屏幕出示 看看天色又晚，三个人投村中客店里来。到得房内，两个公人放了棍棒，解下包裹。林冲也把包来解了，不等公人开口，去包裹取些碎银两，央店小二买些酒肉，籴些米来，安排盘馔，请两个防送公人坐了吃。

武松见他两个小心，也不和他计较；包裹里有的是金银，但过村坊铺店，便买酒买肉和他两个公人吃。

只说宋江和两公人上路。那张千、李万已得了宋江银两，又因他是好汉，因此，于路上只是伏侍宋江。

教师：看看这几段话，简直如行云流水一般，自然而然，犯人掏钱理所应当。随便留心一下古代有关司法的民谣，就知道百姓认为司法不公正是常态，对衙门失去了普遍信任。古人说“衙门八字开，有理无钱莫进来”“屈死不告状”“官司一进门，两家都求人”。虽然偏激，但民间歌谣绝非空穴来风。

司法腐败，在哪个时代、哪个国家都可能存在。但在健康的社会里，司法腐败只能是“特例”，如果它成为“常例”，那就太可怕了。

正因为如此，所以前人点评《水浒传》时说道：“无恶不归朝廷。”

三 结 语

屏幕出示 董超、薛霸押解之文，林、卢两传可谓一字不换；独至于写燕青之箭，则与昔日写鲁达之杖，遂无纤毫丝粟相似，而又一样争奇，各自入妙也。才子之为才子，信矣！

教师：我们看到了他们身上的阴狠，内心的邪恶、欲望与贪婪，没有底线的人性。在他们眼里，押解就是一门生意，犯人就是用来赚钱的，不管你是谁，你是什么地位，你是不是受到冤枉，只要落到他们手里，立马就会变成白花花的银子。作为差役，其实董超和薛霸的身份并不高，他们的权力也并不大，但恰恰是这种小角色，却把自己的权力发挥到了极致，充分让权力变成了金钱，变成了让别人痛苦的源泉。

董超、薛霸是两个不起眼的防送公人，就是这种小人物也有他们存在的意义。施耐庵安排燕青射死了这两个人，通过他们的死，施耐庵先生说出了我们最想说的话：“善有善报，恶有恶报。不是不报，时候未到。”

“法令行则国治，法令弛则国乱。”没有法律、规则的约束，权力就是一头出笼的猛兽，随时可能择人而噬。因此，要把权力关进法的笼子。但是，在梁山好汉的年代，没有公正的法律，在遭遇不平的时候，他们的选择只能是：要么低头等死，要么上梁山。

屏幕出示 聂绀弩先生的诗：

解罢林冲又解卢，天下英雄尽归吾。
谁家旅店无开水，何处山林不野猪？
鲁达慈悲齐幸免，燕青义愤乃骈诛。
佶京俅贯江山里，超霸二公可少乎？

结语：有人说《水浒传》是一部农民造反的书；有人说《水浒传》是一部主张招安的书；我认为《水浒传》是一部揭露腐败的书。北宋末年，经济繁荣，文化昌盛，然而，从官方到民间，从高层到基层，从制度到精神，在这个“宣和盛世”里，隐隐体现了一种末日来临的堕落光景。董、薛二人作为专制政权的末梢，正是他们的为恶，才将林冲和卢俊义这类一流的英雄豪杰输往梁山。对于朝廷，他们有过错；对于民众，他们有罪恶；对于梁山，他们还有功劳。

那彪炳千秋的人性光辉

——《水浒传》中的义

一 导 入

教师：美国学者杰克逊在他的英译本《水浒传》之序言中这样说道："《水浒传》又一次证明了人类灵魂不可征服的向上的不朽精神，这种精神贯穿着世界各地的人类历史。《水浒传》也可以作为人类本性反抗非正义现象的一个例证。"

这种评述符合一般大众对《水浒传》的印象，即有一条重要精神贯穿着《水浒传》，这就是：公平。

文天祥临终赋诗："孔曰成仁，孟曰取义。……自此之后，庶几无愧。""仁义"二字，是中国人千古不易的存身之道，是评判社会公平与否的底线。

屏幕出示 生亦我所欲也，义亦我所欲也；二者不可兼得，舍生而取义者也。

——孟子

教师：中华文化的精髓就在于，我们不是口头上喊一喊这些口号，而是真正地把这些看似大到天际的道理转化为日常的、通俗的、微小的，甚至藐不可察的行为。明代哲学家王艮这样评判这些符合大道的行为："百姓日用即道。"

教师：具体到《水浒传》这本书，之所以能够名列四大名著，能被领袖和百姓、大儒和文盲一并津津乐道的原因在哪儿？我的看法是，它用一个个鲜活的人物、迷人的故事形象地解释了中国人的行为原则。这个原则就是——义。下边我们尝试对《水浒传》里的"义"做一个细致的分解。

二 研　读

1. 孝义：百善孝为先

教师：说到孝义，自然首推宋江。他的绰号有一个就是"孝义黑三郎"。大家回顾一下，宋江的孝表现在哪里？

学生回顾。指名回答。

屏幕显示 宋江问道："谁教你寻他？"那汉道："他的亲兄弟铁扇子宋清，教我寄家书去寻他。"

宋江听了大喜，向前拖住道："有缘千里来相会，无缘对面不相逢！只我便是黑三郎宋江。"那汉相了一面，便拜道："天幸使令小弟得遇哥哥，争些儿错过，空去孔太公那里走一遭。"宋江便把那汉拖入里面，问道："家中近日没甚事？"那汉道："哥哥听禀：小人姓石名勇，原是大名府人氏。日常只靠放赌为生，本乡起小人一个异名，唤做石将军。……如寻见哥哥时，可叫兄长作急回来。"宋江见说，心中疑忌，便问道："你到我庄上住了几日，曾见我父亲么？"石勇道："小人在彼只住的一夜便来了，不曾得见太公。"宋江把上梁山泊一节都对石勇说了。石勇道："小人自离了柴大官人庄上，江湖上只闻得哥哥大名，疏财仗义，济困扶危。如今哥哥既去那里入伙，是必携带。"

宋江道："这个不必你说，何争你一个人。且来和燕顺厮见。"叫酒保："一面这里斟酒，莫要别处去。"三杯酒罢，石勇便去包裹内取出家书，慌忙递与宋江。宋江接来看时，封皮逆封着，又没"平安"二字。宋江心内越是疑惑，连忙扯开封皮，从头读至一半，后面写道："父亲于今年正月初头，因病身故，见今停丧在家，专等哥哥来家迁葬。千万，千万！切不可误！宋清泣血奉书。"

宋江读罢，叫声苦，不知高低，自把胸脯捶将起来，自骂道："不孝逆子，做下非为，老父身亡，不能尽人子之道，畜生何异！"自把头去壁上磕撞，大哭起来。燕顺、石勇抱住。宋江哭得昏迷，半晌方才苏醒。燕顺、石勇两个劝道："哥哥，且省烦恼。"宋江便分付燕顺道："不是我寡情薄意，其实只有这个老父记挂。今已殁了，只得星夜赶归去奔丧，教兄弟们自上山则个。"燕顺劝道："哥哥，太公既已殁了，便到家时，也不得见了。世上人无有不死的父母。且请宽心，引我们弟兄去了，那时小弟却陪侍哥哥归去奔丧，未为晚矣。自古道：'蛇无头而不行。'若无仁兄去时，他那里如何肯收留我们？"……燕顺、石勇那里留得住。

宋江问酒保借笔砚，讨了一幅纸，一头哭着，一面写书，再三叮咛在上面。写了，封皮不粘，交与燕顺收了。讨石勇的八搭麻鞋穿上，取了些银两藏放在身边，跨了一口腰刀，就拿了石勇的短棒，酒食都不肯沾唇，便出门要走。燕顺道："哥哥，也等秦总管、花知寨都来相见一面了，去也未迟。"宋江道："我不等了，我的书去，并无阻滞。石家贤弟自说备细缘故，可为我上复众兄弟们，可怜见宋江奔丧之急，休怪则个。"宋江恨不得一步跨到家中，飞也似独自一个去了。

学生讨论分析。

教师：读这段话一定要注意各种细节，比如从大喜到大悲的转换；使用的八搭麻鞋；宋清书信逆封，宋江的书信不粘封皮。还要注意人物的对比，比如宋江哭得昏迷和燕顺“世上人无有不死的父母”作对比，宋江“酒食都不肯沾唇”和燕顺的反复挽留作对比。只有这样，我们才看得出宋江的孝顺。这段文字，就连批判宋江不遗余力的金圣叹也不由得夸奖。

屏幕出示 读宋江奔丧一节，要看他活画出奔丧人来。至如麻鞋句，短棒句，马句，则又分外妙笔也。

——金圣叹

教师：古人云：“求忠臣必于孝子之门。”从宋江的孝顺我们也可以窥见他后来把梁山的聚义厅改为忠义堂的蛛丝马迹。“水浒”里孝子很多，大家读书细致一点就可以发现作者对于孝道的宣扬。

屏幕出示 为人当以孝为先，定省应须效圣贤。一念不差方合义，寸心无愧可通天。路通还道非侥幸，神授天书岂偶然。遇宿逢高先降谶，宋江元是大罗仙。

2. 情义：士为知己者死

教师：“落地为兄弟，何必骨肉亲。”中国古人对于朋友之义十分看重。甚至将朋友划到“五伦”之一。古往今来，歌颂友情的故事不可胜数，大家记得多少？

学生讨论回顾。

教师：比如管鲍之交、高山流水伯牙子期，这些都是中国人颂扬百代的典型。这样的人物在水泊梁山多得是，为朋友两肋插刀他们肯定做得出。

学生回顾。指名发言。

教师：我们挑一个你们可能不是那么熟悉的——天满星朱仝，“容与堂本”《水浒传》对其的评语是“真孝子，真仁人，真菩萨，真圣人”。这四个“真”，评价高到极点了吧？我们今天只看他怎么对朋友。

屏幕出示 朱仝在黑影里叫说："保正休走，朱仝在这里等你多时。"晁盖顾他说，与同公孙胜舍命只顾杀出来。朱仝虚闪一闪，放开条路，让晁盖走了。……晁盖道："深感救命之恩，异日必报！"

教师：没有朱仝让路，梁山第一大头领托塔天王晁盖出不了东溪村，也就没有后来的梁山泊。

屏幕出示 朱仝道："兄长可以作急寻思，当行即行，今晚便可动身，勿请迟延自误！"宋江道："上下官司之事，全望兄长维持。金帛使用，只顾来取。"朱仝道："这事放心，都在我身上。兄长只顾安排去路。"宋江谢了朱仝，再入地窨子去。朱仝依旧把地板盖上，还将供床压了，开门拿朴刀出来，说道："真个没在庄里。"

教师：第二任梁山大头领天魁星宋江多亏朱仝，否则也是出不来家门。而且，宋江不走，引不出后来武松的故事。所谓"一贵一贱，交情乃现；一死一生，乃现交情"。他在上梁山之前，还有第三次义释，这一次放走的是他的搭档雷横。

屏幕出示 朱仝独自带过雷横，只做水火，乘后面僻静处开了枷，放了雷横，分付道："贤弟自回，快去家里取了老母，星夜去别处逃难。这里我自替你吃官司。"

教师：最后一次义释雷横，朱仝可谓全力以赴，"先央人去知县处打关节，上下替他使用人情"，但知县由于死了相好白秀英，不听从朱仝，最终雷横被流放济州。

而这次朱仝为了义气，不顾后果，将雷横释放了，付出了惨痛的代价，他回县衙自首，被"断了二十脊杖，刺配沧州牢城"。

3. 侠义:谁为不平事

屏幕出示 侠义指有能力的人不求回报地去帮助比自己弱小的人,这是一种精神,也是一种社会追求。

其言必行,其行必果,已诺必诚,不爱其躯,赴士之困厄……千里诵义。

——《史记·游侠列传》

教师:我问过很多人,如果要在"水浒"好汉里挑出一个真正的侠士,你挑谁呢?只准挑一个。答案出奇的统一——鲁智深。

屏幕出示 鲁提辖又问道:"你姓甚么?在那个客店里歇?那个镇关西郑大官人在那里住?"老儿答道:"老汉姓金,排行第二。孩儿小字翠莲。郑大官人便是此间状元桥下卖肉的郑屠,绰号镇关西。老汉父女两个,只在前面东门里鲁家客店安下。"鲁达听了道:"呸!俺只道那个郑大官人,却原来是杀猪的郑屠!这个腌臜泼才,投托着俺小种经略相公门下,做个肉铺户,却原来这等欺负人!"回头看着李忠、史进道:"你两个且在这里,等洒家去打死了那厮便来!"史进、李忠抱住劝道:"哥哥息怒,明日却理会。"两个三回五次劝得他住。

教师:大家读一读这一段鲁提辖初次见到素昧平生的金家父女,了解到他们的不幸遭遇之后,鲁达的即刻反应。

学生品读。讨论。

教师:鲁达先是连问几句话,大家要注意,在这个地方,鲁达没有做任何的调查研究就无条件地相信了金家父女的说法,是他鲁莽,还是因为这类事情太常见?

再注意鲁达下边这句话:"呸!俺只道那个郑大官人,却原来是杀猪的郑屠!这个腌臜泼才,投托着俺小种经略相公门下,做个肉铺户,却原来这等欺负人!"显而易见,鲁达并没有想到"郑大官人"这个相当显得有地位的词语会是一个屠户使用的。那么我们是不是可以想见，如果真的是一位相当有名声地位的士绅做了这件事，鲁达也会义不容辞地挺身而出？

下边这句话很有画面感："投托着俺小种经略相公门下，做个肉铺户。"金圣叹这样评注："十七字成句，上十二字何等惊天动地，读至下五字，忽然失笑。"

教师：金庸先生在《雪山飞狐》的后记里这样写道他的创作思想：

屏幕出示 我企图在本书中写一个急人之难、行侠仗义的侠士。武侠小说中真正写侠士的其实并不很多，大多数主角的所作所为，主要是武而不是侠。

孟子说："富贵不能淫，贫贱不能移，威武不能屈，此之谓大丈夫。"武侠人物对富贵贫贱并不放在心上，更加不屈于威武，这大丈夫的三条标准，他们都不难做到。在本书之中，我想给胡斐增加一些要求，要他"不为美色所动，不为哀恳所动，不为面子所动"。英雄难过美人关，像袁紫衣那样美貌的，又为胡斐所倾心，正在两情相洽之际而软语央求，不答允她是很难的。英雄好汉总是吃软不吃硬，凤天南赠送金银华屋，胡斐自不重视，但这般诚心诚意地服输求情，要再不饶他就更难了。江湖上最讲究面子和义气，周铁鹪等人这样给足了胡斐面子，低声下气地求他揭开了对凤天南的过节，胡斐仍是不允。不给人面子恐怕是英雄好汉最难做到的事。胡斐所以如此，只不过为了锺阿四一家四口，而他跟锺阿四素不相识，没一点交情。

教师：法国文学家罗曼·罗兰说："我称为英雄的，并非是那些以思想或强力称雄的人，而只是靠心灵而伟大的人。没有伟大的品格，就没有伟大的人。"

英雄，必须要有高贵的人性。

无论是按哪种标准，鲁智深都是不折不扣的英雄。

尽管都是"逼上梁山"，但"水浒"好汉中，像鲁智深一样，一路行侠仗义，无论付出什么代价都在所不惜的，没有第二个。

当年，因为深受老种经略相公赏识，他作为得力亲信被举荐到小种经略相公处担任提辖。宋代以一路或一州设置"提辖兵甲盗贼公事"的武职，主管辖区内的军队训练、督捕盗贼等事项，为六品至七品。

有老种经略相公的充分认可，凭着一身过硬的本领，他完全可以拼出个封妻荫子的锦绣前程。但是，他亲手毁掉了美好的一切，将官职、俸禄、社会地位、光鲜未来，弃之如敝屣。为了一对素昧平生的父女，为了被侮辱与被损害却求告无门的底层弱者，为了缺位已久以至于让人们对其是否存在产生怀疑的公道与正义，他怒发冲冠，仗义出手，三拳打死了恶贯满盈、只欠一死的镇关西，踏上了一条禅杖打开艰险路、戒刀杀尽不平人的卫道之路。

鲁达的行为我觉得真真切切地可以称为大侠。同样的英雄行为，大家可以再去看一看"小霸王醉入销金帐　花和尚大闹桃花村"那一回。

4. 信义：三杯吐然诺，五岳倒为轻

教师：徐州云龙山西坡有一个"季子挂剑台"，挂剑台有一个出名的典故，所有徐州人都应该了解。

屏幕出示《史记·吴太伯世家》记载："季札之初使，北遇徐君。徐君好季札之剑，口弗敢言。季札心知之，为使上国，未献。还至徐，徐君已死，于是乃解其宝剑，系之徐君冢树而去。"

教师：季札挂剑的故事，也许最能表达中国古人对于友情及诚信的理解。如今在徐州云龙山西坡杏花村内，徐君墓、挂剑台、石坊矗立，横额上镌刻着"季子挂剑台"五个大字。拾级而上，登临高台，在徐君墓冢旁筑有碑亭，铭刻着挂剑故事的原委。景墙两侧镶嵌着题刻："挂剑酬心，践信泉台。"挂剑台作为诚信的象征，是一座友情与仁义的丰碑，表明了古人对情、意、诚实、诚信的一种珍视。

教师：《水浒传》里最能显示信义的章节，我以为便是花和尚大闹野猪林一节了。

屏幕出示 鲁智深扯出戒刀，把索子都割断了，便扶起林冲，叫："兄弟，俺自从和你买刀那日相别之后，洒家忧得你苦。自从你受官司，俺又无处去救你。打听的你断配沧州，洒家在开封府前又寻不见，却听得人说监在使臣房内。又见酒保来请两个公人，说道：'店里一位官人寻说话。'以此洒家疑心，放你不下，恐这厮们路上害你，俺特地跟将来。见这两个撮鸟带你入店里去，洒家也在那店里歇。夜间听得那厮两个做神做鬼，把滚汤赚了你脚，那时俺便要杀这两个撮鸟，却被客店里人多，恐防救了。洒家见这厮们不怀好心，越放你不下。你五更里出门时，洒家先投奔这林子里来，等杀这厮两个撮鸟。他倒来这里害你，正好杀这厮两个。"

教师：只看"洒家忧得你苦""俺又无处去救你""在开封府前又寻不见"，便可见鲁达待朋友的一片真心。鲁迅先生有一副对联写给瞿秋白："人生得一知己足矣，斯世当以同怀视之。"苏轼有一句诗："与君今世为兄弟，再结他生未了因。"好汉们的真挚友情用这两句可以书写尽了。

5. 道义：盗亦有道的盗跖之道

屏幕出示 跖之徒问于跖曰："盗亦有道乎？"

跖曰："何适而无有道耶？夫妄意室中之藏，圣也。入先，勇也。出后，义也。知可否，智也。分均，仁也。五者不备而能成大盗者，天下未之有也。"

——《庄子·外篇·箧第十》

教师：古人特别崇尚"盗亦有道"，这也是《水浒传》得以流传的思想基础之一。我们来看一看李逵在听到宋江强抢民女时的反应。

屏幕出示 宋江见了李逵、燕青回来，便问道：“兄弟，你两个那里来？错了许多路，如今方到。”李逵那里应答，睁圆怪眼，拔出大斧，先砍倒了杏黄旗，把“替天行道”四个字扯做粉碎。众人都吃一惊。宋江喝道：“黑厮又做甚么？”李逵拿了双斧，抢上堂来，径奔宋江，诗曰：

梁山泊里无奸佞，忠义堂前有诤臣。

留得李逵双斧在，世间直气尚能伸。

教师：得知宋江强抢民女后，李逵愤怒了，直接操起斧子剁了旗杆，撕碎替天行道的大旗，径直奔着宋江就杀过去了。我在想，如果路过四柳村的不是李逵，是吴用、鲁智深、武松、卢俊义、林冲、杨志、董平、王英、雷横，这些人会怎么办呢？如果身为首领的宋江真的背地里抢人妻女，他们又如何处理呢？恐怕有些人会假装不知道，有些人为了权势会谄媚、投其所好、进献美女，有些人会敢怒不敢言，有些人会选择默默离开，有些人会找种种借口（如宋江是被小人蒙蔽的）把内心的矛盾转移搪塞过去。但李逵不会。梁山泊前期着重塑造了武松、鲁智深、林冲、杨志等一大批性格各异的人，而这些人上了山后又泯然众人，只有李逵，还是那个李逵。

教师：李逵便有一百个不好，只看这一环节，我便爱他是个英雄。

6. 忠义：为国为民，侠之大者

教师：梁启超先生的话：“侠之大者，为国为民。侠之小者，为友为邻。”这句话被金庸先生引用之后广为人知。大家且看《神雕侠侣》选段。

屏幕出示 郭靖又道：“我辈练功学武，所为何事？行侠仗义、济人困厄固然乃是本分，但这只是侠之小者。江湖上所以尊称我一声‘郭大侠’，实因敬我为国为民、奋不顾身的助守襄阳。然我才力有限，不能为民解困，实在愧当‘大侠’两字。你聪明智慧过我十倍，将来成就定然远胜于我，这是不消说的。只盼你心头牢牢记着‘为国为民，侠之大者’这八个字，日后名扬天下，成为受万民敬仰的真正大侠。大丈夫一生当为国为民，方为真正的侠之大者。”

教师：我们简单看一看《水浒传》里梁山好汉征辽时宋江的表态。

屏幕出示 （辽国派遣欧阳侍郎来招安）于是令备酒肴相待，送欧阳侍郎出城，上马去了。宋江却请军师吴用商议道：“适来辽国侍郎这一席话如何？”吴用听了，长叹一声，低首不语，肚里沉吟。宋江便问道：“军师何故叹气？”吴用答道：“我寻思起来，只是兄长以忠义为主，小弟不敢多言。我想欧阳侍郎所说这一席话，端的是有理。目今宋朝天子，至圣至明，果被蔡京、童贯、高俅、杨戬四个奸臣专权，主上听信。设使日后纵有功成，必无升赏。我等三番招安，兄长为尊，止得个先锋虚职。若论我小子愚意，从其大辽，岂不胜如梁山水寨！只是负了兄长忠义之心。”

宋江听罢，便道：“军师差矣。若从大辽，此事切不可提。纵使宋朝负我，我忠心不负宋朝，久后纵无功赏，也得青史上留名。若背正顺逆，天不容恕。吾辈当尽忠报国，死而后已。”吴用道：“若是兄长存忠义于心，只就这条计上，可以取他霸州。目今盛暑炎天，且当暂停，将养军马。”宋江、吴用计议已定，且不与众人说。

教师：孟子说，“学问之道无他，求其放心而已矣”。“放”是流放、迷失的意思。“求放心”，就是找回迷失的本心。整个宋明理学可用六个字概括，即“性即理、心即理”。总之，心性就是道理、真理。道理、真理都发自心性。寻求真理不应外求，而是求诸自己的心性。从前看《水浒传》，以为宋江把聚义厅改成忠义堂，扯起“替天行道”的杏黄旗是遮人耳目的虚伪举动，现在读这一段话，真真切切地觉得宋江的绰号“呼保义”名不虚传。宋江知道朝廷的恶，但还是选择忠于国家。他可能有千般不好，我们也当批判这种愚忠，但是矢志保家卫国抵御外族的忠义思想还是值得赞颂的。

三 总 结

教师："义"是一种含义极广的道德范畴。"义"谓天下合宜之理，在不同的场合和不同的人身上有着不同的阐释。从上面的解读可以看出，"义"不但体现在朋友交往上，而且涵盖了责任、诚信、感恩、感情、回报、宽容、忍耐等诸多因素在内，体现了做人的一种道德，一种精神。

"孔曰成仁，孟曰取义"，文天祥做到了人格上的完美，因为他守住了自己的底线，"义之所在，虽千万人吾往矣"。所以，什么是"义"？"义"其实是你所认定的这个世界的道理，无论别人怎么说，无论面对的是暴力机器还是多数舆论，你都不会改变的东西。

说英雄，谁是英雄

——小人物的大情怀

一　导　入

教师：早年我喜欢看武侠小说，温瑞安有一个小说系列“说英雄，谁是英雄”，看得我心潮澎湃。若干年之后回想起来，主角萧秋水最打动我的时刻，就是他们一群人在九死一生救助了岳飞的母亲之后，树立了一个坚定的志向：见岳飞！在那之后，萧秋水他们走上了保家卫国的道路。我认为这是书中最富有光辉的一个细节。同时我也在思考：说英雄，谁是英雄？是非成败转头空，哪些人可以盖棺定论成为英雄？

屏幕出示　英雄的定义：

1. 指才能勇武过人的人。

2. 指具有英雄品质的人。

3. 无私忘我，不辞艰险，为人民利益而英勇奋斗，令人敬佩的人。

《中国人民大团结万岁》：“为人民解放战争和人民革命而牺牲的人民英雄们永垂不朽！”

《邯郸烈士塔》:“血染沙场气化虹,捐躯为国是英雄。”

《伏虎记》:“伟大的祖国关怀着、惦记着抗美援朝前线的英雄。”

教师:词典上给出了三个选项,但是我总觉得不对。如果说才能勇武过人就可以成为英雄,那么英雄未免太多。第二条解释属于循环解释,可以忽略。真正值得注意的是第三条:无私忘我,不辞艰险,为人民利益而英勇奋斗,令人敬佩的人。

英雄不只要有好汉的胆色,更要有气节,有舍我其谁的担当和霸气,有家国天下的理想。

二 说英雄,谁是英雄

屏幕出示 天地有正气,杂然赋流形。下则为河岳,上则为日星。于人曰浩然,沛乎塞苍冥。皇路当清夷,含和吐明庭。时穷节乃见,一一垂丹青。在齐太史简,在晋董狐笔。在秦张良椎,在汉苏武节。为严将军头,为嵇侍中血。为张睢阳齿,为颜常山舌。或为辽东帽,清操厉冰雪。或为出师表,鬼神泣壮烈。或为渡江楫,慷慨吞胡羯。或为击贼笏,逆竖头破裂。是气所磅礴,凛烈万古存。当其贯日月,生死安足论。地维赖以立,天柱赖以尊。三纲实系命,道义为之根。……哲人日已远,典刑在夙昔。风檐展书读,古道照颜色。

(文天祥《正气歌》)

教师:这首诗展现了文天祥崇高的民族气节和伟大的爱国主义精神,塑造了一位正气凛然的民族英雄形象。诗中所罗列的那些奋不顾身的人是真正的英雄。《三国演义》中,曹操煮酒论英雄的时候有这样的评价:“夫英雄者,胸有大志,腹有良谋,有包藏宇宙之机,吞吐天下之志也。”也就是说:英雄,必定是对整个民族、国家有特别贡献的人物,英雄能承受心理、物质甚至肉体上的煎熬，但不会屈服，英雄有超出常人的意志和本领，能为整个国家和民族造福。

那么梁山好汉里有没有英雄或者英雄行为呢？我们下边研究一些细节，虽然不多，但是打动人心的正是这些可能被忽略的举动。

屏幕出示 （江州劫法场）这黑大汉直杀到江边来，身上血溅满身，自在江边杀人。晁盖便挺朴刀，叫道："不干百姓事，休只管伤人！"

（三打祝家庄）宋江与吴用商议道，要把这祝家庄村坊洗荡了。石秀禀说起："这钟离老人仁德之人，指路之力救济大恩，也有此等善心良民在内，亦不可屈坏了这等好人。"宋江听罢，叫石秀去寻那老人来。石秀去不多时，引着那个钟离老人来到庄上，拜见宋江、吴学究。宋江取一包金帛赏与老人，永为乡民："不是你这个老人面上有恩，把你这个村坊尽数洗荡了，不留一家。因为你一家为善，以此饶了你这一境村坊人民。"

（攻打大名府）却说柴进和蔡福到家中收拾家资老小，同上山寨。蔡福道："大官人可救一城百姓，休教残害。"柴进见说，便去寻军师吴用。比及寻着，吴用急传下号令去时，城中将及损伤一半。

教师：对于英雄的评价标准是因人而异的。比如蔡福。他和李固讨价还价，决定卢俊义的命值多少钱，就好像讨论屠夫杀猪的工钱彼时的他是典型的污吏！但是因他一句话，救了大名府半个城市的老百姓。这一刻，蔡福就是英雄！

还有石秀的一句话挽救了祝家庄的老百姓。那一刻石秀就是英雄。不知道为什么，许多人把石秀最光辉的形象，定格在从大名府酒楼上的一跃而下！从酒楼上一跃而下的石秀，是英勇的石秀，不是英雄的石秀！

最可惜的，最具有英雄气质的首领托塔天王晁盖，在远袭千里江州劫法场救人随时都有可能被包围的时刻，还让李逵不要滥杀无辜，我觉得他是英雄。

英雄未必有许多伟大的事迹，就像石秀，一句话就成为英雄。

我这样的评价标准可能是受了金庸的影响。他借用古人的话告诉我们："为国为民，侠之大者！"这个侠，不就是我们说的英雄吗？心中没有黎民苍生的人，怎么能称之为英雄？

比如我上面说的，蔡福、石秀、鲁智深、史进等少数人，当他们出现侠义心肠的时候，那一刻，就是英雄！

教师：一个人，他是成为英雄还是泛泛之辈，改变他人生的转折点在哪儿呢？其实这转折点，就是他的选择。他的选择，使他走上了一个重要的位置，他就有了成为英雄的可能。殊不知同时同地，很多人都要作出选择，而历史只会记载下那一个最有价值的名字，其他作出不同选择的人，则变成了滚滚红尘。

"时穷节乃现"，那么，英雄人物都出现在危难时刻吗？或者说只有在最艰险的时刻才看得出谁是英雄吗？很久以来，这个问题一直困扰着我，直到我看到罗曼·罗兰的两句名言。

屏幕出示 世上只有一种英雄主义，就是在认清生活真相之后依然热爱生活。

（英雄）并非以思想或强力称雄的人，而只是靠心灵而伟大的人。

教师：真正的英雄是那些在自己岗位上恪尽职守，乐于生活，热爱生活的人。在我看来，现今所谓英雄，就是做一个拿得起责任，并敢于肩负责任的人。做一个在背负了很多责任的时候，还能尽量去思考如何让这些责任完成得更加接近完美的人。有很多人，你看不到他们的伟大，因为当你注视他们的时候，他们往往背朝着你。

英雄无所谓知名与否，哪怕只是一首小人物的赞歌，也值得传唱，我们都是英雄——因为我们在认清事实的真相后，依然热爱生活。

三 真正的英雄

屏幕出示 英雄，就是普通人拥有一颗伟大的心！ ——《人民日报》

教师：在你心中谁是英雄？《人民日报》新媒体与众多网络媒体共同发起了“崇尚英雄 精忠报国”大型网络互动，网友们纷纷留言推荐自己身边的英雄故事。

屏幕出示

01

浙江衢州一名小男孩为给家人送伞，跌入路边水流湍急的排水渠中。驾车路过的市民徐卫华一家挺身而出，在众人的帮助下，仅用86秒就将小男孩救起。

当意外来临，总有人默默出手，2018年护你周全。

02

2018年5月17日上午，辽宁铁岭一路口发生交通事故，一男子被摩托车压住无法起身。白衣女子朱旭飞快跑到男子身边，将摩托车抬起并查看男子伤势，直到警察和急救车赶来才离开。

有时，最帅的不是正脸，而是背影。

03

韩伟，青海“80后”警察，在一次出警中，被犯罪分子持刀砍伤33处，肌腱断裂，手骨骨折，至今仍坚守在工作一线。

有一种担当，叫我是警察。

04

一部从不关机的电话，一个从不离手的药箱，苗医吴忠荣坚守湖南乡村33年。

只要村民们生了病，不管有钱没钱都治。

凡人善举，医者仁心。

05

一场突如其来的大雨，楼上的爷爷看到楼下衣物未收，就从自家窗户里撑起两把伞，为楼下邻居的衣物遮风挡雨。

这个世界上，一定有人在悄悄爱着你。

06

2018 年 5 月 22 日，杭州一名 3 岁男孩从 6 楼坠下，一群快递小哥做出了同一个姿势，赶忙撑起被子、床单接住了孩子。

英雄不用身披金甲圣衣，也自带光芒。

07

近万米高空，挡风玻璃突然爆裂，机舱内瞬间失压，机长刘传建临危不乱，凭借手动和目视操纵飞机安全备降，所有乘客平安落地。

每个人的力量都是有限的，但总有人会竭尽全力。

08

福建泉州一幢高楼上，一名小伙想要轻生，消防员从楼顶速降，一下子把他拖进了房间。

无论生活多不容易，总有力量能支撑我们度过难熬的时刻。

09

老人坐着助力车不敢过马路，一直在路边等，路上的车辆纷纷在斑马线前停下来。一位好心的司机，缓缓护送老人到马路对面。

“老吾老以及人之老”，谢谢那些来自陌生人的善意。

10

2018 年 5 月 14 日，山东昌乐一男童从 5 楼窗户翻出，跌落在 4 楼的空调外机上，退伍军人刘杨明一把抓住孩子，避免了一场悲剧。

穿上军装，他们守家卫国；脱下军装，他们仍是我们的“守护神”。

11

2018年3月25日，马超去徐州参加半程马拉松比赛，还有4千米就到达终点时，他看到一名跑友失去意识，便立即施救。为此，他放弃了比赛，还错过了回家的火车。

总有一些东西，比名次更让人记忆深刻。

12

载着病人的救护车，被堵在了隧道里，危急时刻，百余辆车主动向隧道两侧避让，“生命通道”就此打通。

所有看起来像奇迹的事情，不过都是因为善良和爱。

战争年代流血牺牲的是英雄，危难时刻挺身而出的是英雄，平常日子里无私奉献的也是英雄。其实，英雄就是普通人拥有一颗伟大的心。只要在被需要的那一刻能站出来：你，就是英雄。

《水浒传》好在哪里

《水浒传》塑造人物的方法

——《水浒传》美学突破之一

一 导 入

教师：有熟悉《三国演义》的同学吗？能举出几个耳熟能详的人物吗？

学生回答。

教师（引导分析）：金庸在和日本作家池田大作会面的时候提到，他曾经想以东吴周瑜、陆逊为主角，写一部新视角的《三国演义》。但他很快便放弃了这个想法，因为“这是和全国民间根深蒂固的传统思想作对，后果必定不佳”。“民间根深蒂固的传统思想”是什么呢？蜀汉是永远的“好人”，曹魏是永远的“坏人”，东吴是万年不变的口蜜腹剑。老百姓心中的“三国”，总是逃不开这个套路。这样也就出现了《三国演义》有三绝：曹操奸绝、诸葛亮智绝、关羽义绝。

这说明什么？人物塑造扁平化。人物一出场他的性格形象就定型了，一直到死都不变。下边是我引用的《三国演义》中的人物形象：关羽勇武忠义，刘备善良谦和，张飞暴躁鲁莽；孔明聪慧大气，周瑜聪慧小气；曹操奸诈毒辣，孙权狡猾阴险；吕布勇而无谋，董卓戾而无德；赵云一身是胆，黄忠老当益壮；孟获蛮而少智，袁绍智多乏断；姜维理想主义，魏延脑有反骨。

反观《水浒传》就不一样。它好在哪里？为什么能名列四大奇书、四大名著？很重要的一条，在于它实现了人物刻画的立体化。

二 发展中的林冲——人物的纵向描写

教师：为了方便讨论，我们仍然以大家耳熟能详的好汉林冲为例。大家说一说，林冲刚出场的时候给你的印象是什么？

学生讨论回答。

屏幕出示 林冲赶到跟前，把那后生肩胛只一扳过来，喝道："调戏良人妻子，当得何罪！"恰待下拳打时，认得是本管高太尉螟蛉之子高衙内。……当时林冲扳将过来，却认得是本管高衙内，先自手软了。

学生讨论。指名回答。

教师总结："先自手软了"，没有多说的必要了吧？这是一个胆小怕事的人。

屏幕出示 林冲道："原来是本管高太尉的衙内，不认得荆妇，一时间无礼。林冲本待要痛打那厮一顿，太尉面上须不好看。自古道：不怕官，只怕管……"

学生讨论分析。

教师总结：还是一个虚荣心很强的人，对吧？

屏幕出示 （林冲）跑到陆虞候家。抢到胡梯上，却关着楼门，只听得娘子叫道："清平世界，如何把我良人妻子关在这里！"

又听得高衙内道："娘子，可怜见救俺！便是铁石人，也告的回转！"

林冲立在胡梯上，叫道："大嫂开门！"

那妇人听的是丈夫声音，只顾来开门。

高衙内吃了一惊，斡开了楼窗，跳墙走了。

林冲上得楼上，寻不见高衙内，问娘子道："不曾被这厮点污了？"

教师：我故意把这一段文字分了行。这样可以清晰地看出来：当高衙内设计将林冲妻子诓骗到陆谦家里，关起门来意图不轨的时候，闻讯赶来的林冲不是马上破门而入，而是站在门外大喊，给高衙内走脱留足时间和机会。

教师：没有比较就没有伤害。看看下边一段文字。

屏幕出示 武大抢到房里边，用手推那房门时，那里推得开，口里只叫得："做得好事！"

教师：三寸丁谷树皮的武大郎表现得都很有血性，对吧？

教师：《水浒传》伟大就伟大在，它在人物的性格塑造方面首先实现了纵向的挖掘。我们接着看，施耐庵怎么把林冲性格中的逆来顺受写到极致的。

屏幕出示 林冲拿了一把解腕尖刀，径奔到樊楼前去寻陆虞候，也不见了。却回来他门前等了一晚，不见回家，林冲自归。……陆虞候只躲在太尉府内，亦不敢回家。林冲一连等了三日，并不见面。……自此，每日与智深上街吃酒，把这件事都放慢了。

教师：只会在家门口等人出现，是找不到，还是期望找不到？性格中那种胆小怕事是藏不住的。

教师：如果说这个时候，对方还没有对林冲造成大的伤害，息事宁人尚且可以解释。我们继续往下看。

屏幕出示 董超、薛霸又添酒来，把林冲灌的醉了，和枷倒在一边。薛霸去烧一锅百沸滚汤，提将来倾在脚盆内，叫道："林教头，你也洗了脚好睡。"

林冲挣的起来，被枷碍了，曲身不得。

薛霸便道："我替你洗。"林冲忙道："使不得。"薛霸道："出路人那里计较的许多！"

林冲不知是计，只顾伸下脚来，被薛霸只一按，按在滚汤里。

林冲叫一声："哎也！"急缩得起时，泡得脚面红肿了。林冲道："不消生受！"

薛霸道："只见罪人伏侍公人，那曾有公人伏侍罪人。好意叫他洗脚，颠倒嫌冷嫌热，却不是好心不得好报。"口里喃喃的骂了半夜。

林冲那里敢回话，自去倒在一边。

教师：在这一段里面，林冲没有表现出一点应有的警觉性。更重要的是，脚被烫坏之后，他的表现是：林冲那里敢回话，自去倒在一边。可发一叹。

屏幕出示 董超去腰里解下一双新草鞋，耳朵并索儿却是麻编的，叫林冲穿。

林冲看时，脚上满面都是潦浆泡，只得寻觅旧草鞋穿，那里去讨，没奈何，只得把新草鞋穿上。叫店小二算过酒钱，两个公人带了林冲出店，却是五更天气。

林冲走不到三二里，脚上泡被新草鞋打破了，鲜血淋漓，正走不动，声唤下止。

薛霸骂道："走便快走，不走便大棍搠将起来。"

林冲道："上下方便，小人岂敢怠慢，俄延程途，其实是脚疼走不动。"

教师：看这一段，"没奈何，只得把新草鞋穿上""上下方便，小人岂敢怠慢，俄延程途，其实是脚疼走不动”。简直找不到词语评价他。

屏幕出示 薛霸腰里解下索子来，把林冲连手带脚和枷紧紧的绑在树上。两个跳将起来，转过身来，拿起水火棍，看着林冲，说道：“……明年今日是你周年。我等已限定日期，亦要早回话。”

林冲见说，泪如雨下，便道：“上下！我与你二位，往日无仇，近日无冤。你二位如何救得小人，生死不忘。”

教师：这哪是“豹子头”，简直是“包子头”。作为梁山上坐第六把交椅，人称“马上林冲”，战斗力比肩赵子龙的林冲，生死关头连句抱怨的话都没有！

教师：刚才我们说到，《水浒传》在纵向挖掘人物方面有开创性的贡献。软弱到底，就该触底反弹了。

屏幕出示 只见林冲托地跳出圈子外来，叫一声：“少歇！”柴进道：“教头如何不使本事？”林冲道：“小人输了。”

柴进道：“未见二位较量，怎便是输了？”林冲道：“小人只多这具枷，因此权当输了。”

教师：一路上林冲脖子上的枷锁除下了吗？鲁智深护送他的时候，解除了吗？再看看这时候，揭下来了，还会再戴到脖子上吗？是不是聪明一点呢？长话短说，林冲真正的蜕变发生在风雪山神庙那一回。我们回顾一下内容。

学生讨论，回顾。

屏幕出示 林冲听那三个人时，一个是差拨，一个是陆虞候，一个是富安。林冲道：“天可怜见林冲，若不是倒了草厅，我准定被这厮们烧死了。”轻轻把石头掇开，挺着花枪，一手拽开庙门，大喝一声：“泼贼那里去！”三个人急要走时，惊得呆了，正走不动。林冲举手肐察的一枪，先戳倒差拨。陆虞候叫声："饶命！"吓的慌了手脚，走不动。

那富安走不到十来步，被林冲赶上，后心只一枪，又戳倒了。翻身回来，陆虞候却才行的三四步，林冲喝声道："奸贼！你待那里去！"批胸只一提，丢翻在雪地上，把枪搠在地里，用脚踏住胸脯，身边取出那口刀来，便去陆谦脸上搁着，喝道："泼贼！我自来又和你无甚么冤仇，你如何这等害我！正是'杀人可恕，情理难容'！"陆虞候告道："不干小人事。太尉差遣，不敢不来。"林冲骂道："奸贼，我与你自幼相交，今日倒来害我，怎不干你事？且吃我一刀！"把陆谦上身衣服扯开，把尖刀向心窝里只一剜，七窍迸出血来，将心肝提在手里。回头看时，差拨正爬将起来要走。林冲按住喝道："你这厮原来也恁的歹，且吃我一刀！"又早把头割下来，挑在枪上。回来把富安、陆谦头都割下来，把尖刀插了，将三个人头发结做一处，提入庙里来，都摆在山神面前供桌上。再穿了白布衫，系了搭膊，把毡笠子带上，将葫芦里冷酒都吃尽了。被与葫芦都丢了不要，提了枪，便出庙门投东去。走不到三五里，早见近村人家都拿了水桶、钩子来救火，林冲道："你们快去救应，我去报官了来。"提着枪只顾走。

教师：小说家毕飞宇这样评价：大家认真看看这一段文字，写得好极了，动感十足，豪气冲天，却又不失冷静，是林冲特有的、令人窒息的冷静。他的内心一点都没有乱，按部就班：先用仇人的脑袋做了祭祀，再换衣服，再把酒葫芦扔了，在他扔掉酒葫芦之前，他甚至还没有遗忘那点残余的冷酒。可怕吧？这段文字好就好在，对林冲步行动态的具体交代："提了枪，便出庙门投东去。"这句话很容易被我们忽略，一个不会读小说的人是体会不到这句话的妙处的。一个如此冷静的人会怎么"走"呢？当然是向东"走"，必然是向东"走"。金圣叹语评："草料场在牢城东门外，故投东去为是，不然，反走入城中来矣。"对这一段文字，金圣叹有极为精妙的评论。

屏幕出示 杀出庙门时，看他一枪先搠倒差拨，接手便写陆谦一句；写陆谦不曾写完，接手却再搠富安；两个倒矣，方翻身回来，刀剜陆谦，剜陆谦未毕，回头却见差拨爬起，便又且置陆谦，先割差拨头挑在枪上；然后回过身来，作一顿割陆谦、富安头，结做一处。以一个人杀三个人，凡三四个回身，有节次，有间架，有方法，有波折，不慌不忙，不疏不密，不缺不漏，不一片，不烦琐，真鬼于文、圣于文也。

教师：我在意的不是林冲杀人有多痛快，而是他有多冷静！大家思量一下：那个懦弱的、一点警惕性都没有的林冲能做得这么狠吗？他连说话的口风都变了：泼贼、奸贼、这厮！再也不是那个拿着折扇闲游京城的八十万禁军教头了。

屏幕出示 林冲自然是上上人物，写得只是太狠。看他算得到，熬得住，把得牢，做得彻，都使人怕。这般人在世上，定做得事业来，然琢削元气也不少。

——金圣叹

教师：这一段评价，是针对风雪山神庙这一段来的。林冲杀起人来，大怒之际，都非常讲细节、讲技术。先悄然把拦门石头搬开，再大喝一声出去震慑对手，然后一枪戳倒差拨，追上并杀了富安，最后用刀剜陆谦，之后顺手把那两位补刀。本来以一杀三很难，但你看林冲从头到尾，从喝喊到杀人次序，处理得何等细致干净。

如果林冲的性格塑造就到此处，《水浒传》还说不上伟大。这只是报仇，并且不是彻底报仇。他还要上山，还要落草为寇，得具备落草为寇的心性才行。

屏幕出示 众庄客道："好意着你烘衣裳向火，便要酒吃。去便去，不去时将来吊在这里。"林冲怒道："这厮们好无道理。"把手中枪看着块焰焰着的火柴头，望老庄家脸上只一挑将起来，又把枪去火炉里只一搅，那老庄家的髭须焰焰的烧着。众庄客都跳将起来，林冲把枪杆乱打。老庄家先走了。庄客们都动弹不得，被林冲赶打一顿，都走了。林冲道："都去了，老爷快活吃酒。"

教师：路过草屋，"包子头"终于变成了"豹子头"，明明自己提出非分要求，却说："这厮们好无道理！"那老庄客好意收留他烤火，他呢，把草料场的火烧到了老庄客的胡须上，"把手中枪看着块焰焰着的火柴头，望老庄家脸上只一挑将起来，又把枪去火炉里只一搅，那老庄家的髭须焰焰的烧着"，还没有一点愧疚，"都去了，老爷快活吃酒"。

只有这样蛮横不讲理的林冲、放开胆一意孤行的林冲才上得了梁山。

教师（总结）：到此，林教头终于完成转变，洗掉了"包子头"的耻辱。而林教头这一性格的转变，也为之后火并王伦的情节埋好了绝佳的伏笔。

这便是《水浒传》在人物塑造方面纵向的突破，除了林教头，诸如卢俊义等人也有类似的性格变化路线，在此不一一列举。大家在读书的时候可以详细琢磨。

三 宋江脖子上的枷锁——横向的比较写法

屏幕出示 一部书中写一百七人最易，写宋江最难；故读此一部书者，亦读一百七人传最易，读宋江传最难也。 ——金圣叹

教师：金圣叹说：《水浒传》里最难描写的人物也是最难读懂的人物，就是宋江。为什么呢？写其他的人物，都是纵向开掘，一路到底。写宋江则不然。但看每一回章节，你都会得到一样的印象：呼保义、及时雨名不虚传。这就见得施耐庵笔法的厉害，为什么呢？这就得用横向比较的方

法才能得出全面的印象。鉴于全书内容太多，以第三十六回《梁山泊吴用举戴宗　揭阳岭宋江逢李俊》和第三十七回《没遮拦追赶及时雨　船火儿大闹浔阳江》比较一下。

学生回顾章节内容。

教师：宋江收到父亲的信，回家后被捉，做了囚犯，然后被刺配江州。宋代的囚犯除了脸上的金印，还有枷锁。

屏幕出示 本州官吏亦有认得宋江的，更兼他又有钱帛使用，名唤做断杖刺配，又无苦主执证，众人维持下来。都不甚深重，当厅带上行枷，押了一道牒文差两个防送公人。

教师：一定要从这儿开始，为什么？先注意，宋江戴上了枷锁。我们继续梳理情节，到了水泊梁山脚下，好汉们要接他上山。

屏幕出示 小喽罗去报，不多时，只见吴用、花荣两骑在前，后面数十骑马跟着，飞到面前。下马叙礼罢，花荣便道："如何不与兄长开了枷？"宋江道："贤弟，是甚么话？此是国家法度，如何敢擅动！"

学生讨论。指名发言。

教师：花荣是谁？宋江的知己兄弟，最为贴心的兄弟。花荣上梁山，宋江是引路人啊！在兄弟跟前说的应该是推心置腹的言辞了吧？不应该欺瞒哄骗心口不一。宋江这是决心做"改造模范""囚犯标兵"。他们的下一站是揭阳岭，在那儿先见到了催命判官李立和混江龙李俊。

屏幕出示 宋江且和李俊、童威、童猛，并两个公人下岭来，迳到李俊家歇下。置备酒食相待，结拜宋江为兄，留在家里过了数日。宋江要行，李俊留不住，取些银两与两个公人。宋江再带了行枷，收拾了包里行李，辞别李俊、童威、童猛，离了揭阳岭下，取路望江州来。

学生讨论分析。

教师：看出问题了吗？什么叫“宋江再带了行枷”？说明方才取下来过，对吧？回顾他对花荣说的话：“此是国家法度。”对法度的态度改变得非常快。接下来，他们又到了哪里？揭阳镇穆家庄。

学生回顾情节。

屏幕出示 （在穆家庄）两个公人道：“押司，这里又无外人，一发除了行枷，快乐睡一夜。明日早行。”宋江道：“说得是。”当时去了行枷，和两个公人去房外净手，看见星光满天，又见打麦场边屋后是一条村僻小路，宋江看在眼里。

学生讨论。

教师：这个国家法度又去了。穆家兄弟回家，要抓他们，他们逃走的时候：

屏幕出示 两个公人挑了包裹，宋江自提了行枷，便从房里挖开屋后一堵壁子。

艄公（张横）答道：“教你得知好笑：我这几日没道路又赌输了，没一文；正在沙滩上闷，坐岸上一伙人赶着。三头行货来我船里，却是两个鸟公人，解一个黑矮囚徒，正不知是那里。他说道，迭配江州来的，却又项上不带行枷。赶来的岸上一伙人却是镇上穆家哥儿两个，定要讨他。我见有些油水，我不还他。”

教师：“宋江自提了行枷”“项上不带行枷”。有评论说，逃命时刻不戴枷锁可以原谅。那么我们再看，他们逃脱了之后：

屏幕出示 （揭阳岭）众人都在江边，安排行枷，取酒送上船饯行。

教师：这是重新戴上枷锁吗？不是。是顺手拿上，没忘了。

屏幕出示 只说宋江自和两个公人下船，投江州来。这艄公非比前番，使着一帆风蓬，早送到江州上岸。宋江方带上行枷，两个公人取出文书，挑了行李，直至江州府前来。

……蔡九知府看见宋江一表非俗，便问道："你为何枷上没了本州的封皮？"

教师：一直就没戴，怎么还可能有封皮，是不是？

学生讨论，比较梁山脚下和揭阳镇上宋江的不同表现。

屏幕出示 盖此书写一百七人处，皆直笔也，好即真好，劣即真劣。若写宋江则不然，骤读之而全好，再读之而好劣相半，又再读之而好不胜劣，又卒读之而全劣无好矣。一部书中写一百七人最易，写宋江最难；故读此一部书者，亦读一百七人传最易，读宋江传最难也。

教师：通过横向的比较，可以看出一个人在不同境况下对同一事物的不同反应。通过看似无关的小道具，活灵活现地刻画出人物。作者不加褒贬，但是可以看得出作者的态度，这在中国传统文学写作手法上叫做"春秋笔法"。

四 结语：《水浒传》的突破

教师：这就是《水浒传》相较之前作品在人物塑造方面所取得的新突破，而这一突破使得小说这一文学形式得以更好地在市民阶层中传播，无疑促进了这一艺术门类的发展。

狞厉的美

——《水浒传》美学突破之二

一 导 入

教师：考大家一个问题，在你们心中一个完美的中国古代英雄应该是什么形象呢？又或者说，你理想中的中国古代男性是什么样子？

学生讨论。

教师：人们接受哪种美的形态，说到底是与文化联系着的。在中国古代的主流文化语境中，男性的身体形象一直是谦谦君子、文弱书生的形象。古代男性这一身体形象的形成，与古代历史中的儒家文化背景紧密相关，是在儒家文化浸染下被儒家文化塑造出的男性形象。

儒家文化倡导远离人的自然属性，重视人的社会属性，从孔子开始就提倡用文化和礼仪来塑造书生的人格和形象，孔子所欣赏的"文质彬彬"的君子一直成为中国古代男性的经典形象。古代对文质彬彬的书生这一身体形象的认同是由对读书人文化身份的认同渐至影响到对书生文弱身体的认同。

屏幕出示 遥想公瑾当年，小乔初嫁了，雄姿英发，羽扇纶巾，谈笑间樯橹灰飞烟灭。

——周瑜的形象

教师：这是比较符合中国人对于英雄的认知，“上马击狂胡，下马草军书”，英勇而又儒雅，文武双全。但是，这样的人物真的是可遇而不可求。随着时代发展，到了明朝后期，男性变成了这个样子。

屏幕出示 秋天薄暮，吐半口血，两个侍儿扶着，恹恹的到阶前去看秋海棠。

教师：鲁迅在《病后杂谈》里评论这种所谓的文人雅士：“‘吐半口血’，就有很大的道理。才子本来多病，但要‘多’，就不能重，假使一吐就是一碗或几升，一个人的血，能有几回好吐呢？过不几天，就雅不下去了。”“吐半口血看秋海棠”这个就是形容文人半感孤清落魄，半自得其乐的风雅之举。

教师：如果是某个人有这样的恶趣，我们没有必要批评，毕竟人各有志，各有各的追求。但是，假如一个国家所有的或者说大部分人把这种事当作潮流，你们想，是不是很可悲？

屏幕出示 北周的颜之推在《颜氏家训》中记载：

“梁朝全盛之时，贵族子弟，不学无术……无不熏衣剃面，敷粉施朱。”

屏幕出示 蜀人张岱，陶庵其号也。少为纨绔子弟，极爱繁华，好精舍，好骏马，好梨园，好古董，兼以茶淫橘虐，书蠹诗魔，劳碌半生，皆成梦幻。

教师：这是《湖心亭看雪》的作者张岱的自为墓志铭。据张岱回忆，当时的社会精英，几乎每天都过着这样的日子。没有追求，没有创造，没有革新的勇气，只剩下醉生梦死，所以，清朝入关，大明完了。可怕的是，这种生活几乎是当时所有人的追求。

教师：如果不明白这种社会风气的危害，我们就不太容易理解《水浒传》描绘的粗犷狞厉的美，就不太容易接受杀人的好汉、吃人的英雄。毕竟，连鲁迅这样的人物也是大爱《水浒传》，却厌恶水浒"好汉"的一些行为。

二 狞厉也是一种美

教师：在寺庙的造像中，往往一边是菩萨低眉，一边是金刚怒目。诸佛菩萨普度众生，造像雍容静穆，所以慈祥；金刚力士降妖伏魔，造像狰狞可畏，所以凶恶。人们容易看到前者的美，而忽略后者也是一种美。所谓"金刚怒目，菩萨低眉"都是美，是不同类别的美感。钟馗捉鬼是不少画家喜爱的题材，丰都城里的地狱惨象也能吸引不少旅游者前去参观。如果大家能理解这些，那么就方便了我们继续讨论《水浒传》对好汉人物形象塑造的突破。

三 好汉身体形象的美学颠覆

教师：任何审美趣味成为风尚潮流后，其内在就开始孕育否定性的声音。这种否定和反驳，会体现在各个领域。《水浒传》以文学的方式，力图颠覆和否定自宋朝以来所形成的偏于阴柔的文化和美学趣味，尤其在男性身体形象上所进行的颠覆，可谓生动而又嚣张。小说在男性身体形象的塑造上，其规模前所未有，它以虎虎生风、粗犷豪放、充满阳刚之气的男性身体形象颠覆了传统文化语境中男性身体的经典形象——手无缚鸡之力的文弱书生。对固有的男性身体的经典形象实施了一次大规模的美学突破。

在这本书里，几乎所有男性的身体形象都是粗犷的，充满了爆发力。

在《水浒传》的人物中，从身体形象上而言，最鲜活生动的当属李逵。

屏幕出示 黑熊般一身粗肉，铁牛似遍体顽皮。外加一字赤黄眉，双眼赤丝乱系。怒发浑如铁刷，狰狞好似狻猊。天蓬恶煞下云梯。李逵真勇悍，人号铁牛儿。

教师：李逵的身体是典型的力量型身体，壮、猛、莽，恰好与古代主流文化中文质彬彬的书生们文弱的身体形象形成鲜明的对比和反衬。在《水浒传》之前，这种力量型的男性形象只是个别出现，作为陪衬人物出场，但《水浒传》却成为这一力量型男性形象狂欢的舞台。

屏幕出示 天异星赤发鬼刘唐：一身黑肉……两条黑魆魆毛腿，紫黑阔脸，鬓边一搭朱砂记，绰号赤发鬼。

天退星插翅虎雷横：身长七尺五寸，紫棠色面皮，有一部扇圈胡须。

天寿星混江龙李俊：家住浔阳江浦上，最称豪杰英雄。眉浓眼大面皮红，髭须垂铁线，话语如铜钟。身躯凛凛长八尺，能挥利剑霜锋，冲波跃浪立奇功。庐州生李俊，绰号混江龙。

鲁智深到五台山出家，众僧们的感觉是："这个人不似出家人的模样，一双眼却恁凶险。"他到山下打戒刀，打铁的看他是："腮边新剃暴长短须，戗戗地好渗濑人。"

教师：以上是力量型身体。不要以为施耐庵只会描写这一类粗犷勇猛的力量型男性形象，实际上，不同的人物性格，身体描写又有不同。

教师：史进、阮氏兄弟基本为一种类型，属于力量加技巧型身体。

屏幕出示 天微星九纹龙史进：只见空地上一个后生脱着，刺着一身青龙，银盘也似一个面皮，约有十八九岁，拿条棒在那里使。

天剑星立地太岁阮小二：躯兜脸两眉竖起，略绰口四面连拳。胸前一带盖黄胆毛，背上两枝生板肋。臂膀有千百般气力，眼睛射万刀寒光。休言村里一渔人，便是人间真太岁。

教师：俊俏的燕青、文秀的花荣属于另一种类型，是《水浒传》中难得一见的英俊型好汉。

屏幕出示 唇若涂朱，睛如点漆，面似堆琼。有出人英武，凌云志气，资禀聪明。仪表天然磊落，梁山上端的夸能。益州古调，唱出绕梁声。果然是艺苑专精，风月丛中第一名。听鼓板喧云，笙声嘹亮，畅叙幽情。棍棒参差，揎拳飞脚，四百军州到处惊。人都羡英雄领袖，浪子燕青。（燕青）

齿白唇红双眼俊，两眉入鬓常清，细腰宽膀似猿形。能骑乖劣马，爱放海东青。百步穿杨神臂健，弓开秋月分明，雕翎箭发迸寒星。（花荣）

教师：再看书生型的吴用。

屏幕出示 看那人时，似秀才打扮，戴一顶桶子样抹眉梁头巾，穿一领皂沿边麻布宽衫，腰系一条茶褐銮带，下面丝鞋净袜，生得眉清目秀，面白须长。这人乃是智多星吴用，表字学究，道号加亮先生，祖贯本乡人氏。

教师：除了以上几种，还有一类比较特殊的——宋江。《水浒传》里对他的描绘和《三国演义》里的曹操差不多。

屏幕出示 （宋江）眼如丹凤，眉如卧蚕，滴溜溜两耳悬珠，明皎皎双睛点漆，唇方口正，髭须地阁轻盈；额阔顶平，皮肉天仓饱满，坐定时浑如虎相，走动时有若狼形。

教师：宋江虽然具有官方身份，但他喜欢结交江湖好汉，在江湖中名气很大，与江湖人氏多有往来，因此，他还具有江湖身份。这种双重的身份特征使宋江的身体特征也具有双重性，他个子很矮，这便使其不具备力量型身体的基本特质。但他又不是弱不禁风的文弱书生，他很黑，身体粗壮，这一身体特征使他与民间的草莽英雄有了身体的交结。他的双重身体特征与他双重身份特征是交结在一起的。

教师（总结）：在叙事文学中，由身份决定身体形象，所以叙事文学中人物的身体形象往往是模式化的，劳心者身体文弱，劳力者身体强健。身体背后操纵身体的是身份，出场的是身体，垂帘听政的是身份。所以古代文学中的身体美学其实是由其背后的身份立场决定的，身份决定身体形象。

教师：《水浒传》呈现了民间江湖男性身体的狂欢盛宴。这些好汉们的身体大多属于力量型、粗犷型。一种充满力量和阳刚之气的身体形象呼之欲出，扑面而来，甚至有一种夸张的粗犷豪放和过度阳刚的美学风格。其中黑魆魆的李逵抡着大斧一路砍来最具有标志性。李逵以及《水浒传》中所塑造的一系列李逵式的好汉们以粗犷、蛮横的力量，将自宋朝以来逐渐转弱的男性身体形象，以一种颇具浪漫色彩的夸张的方式予以颠覆。将阳刚、豪放、难以驯服的男性属"阳"的身体特征张扬、宣泄得淋漓尽致。

四 怎样理解暴力行为的美学意义

教师：很多人对《水浒传》名列四大名著颇有不满，认为这本书是"诲盗之作"，会教坏儿童，所以民间一直有"少不读水浒"的说法。大概也就是对这本书里描写的血腥残忍的场面过多的批判。但是无论怎样抵制，它的生命力也没有断绝。因此，我们有必要深入研究一下《水浒传》里的暴力美学。

教师：讲到残忍，《水浒传》中的人物对于仇人的心肝，似乎特别有兴趣。武松痛恨害死哥哥的潘金莲，取出她的心肝五脏，供在武大的灵前。陆谦自幼与林冲相交，却卖友求荣，三番五次谋害林冲，林冲杀他时，也是用尖刀向心窝里一剜，把心肝提在手上。小霸王周通带了一群小喽罗下山抢亲，这伙人竟是“吃人心肝的小魔王”。打家劫舍的好汉把抓到的行人称为“牛子”，山大王要用这牛子的心肝做醒酒汤。其中写得格外细致的是宋江在清风山被抓那一次。

屏幕出示 当下三个头领坐下，王矮虎便道：“孩儿们，正好做醒酒汤，快动手取下这牛子心肝，造三分醒酒酸辣汤来。”只见一个小喽罗掇一大铜盆水，放在宋江面前；又一个小喽罗卷起袖子，手里明晃晃拿着一把剜心尖刀。那个掇水的小喽罗便把双手泼起水来，浇那宋江心窝里。原来但凡人心都是热血裹着，把这冷水泼散了热血，取出心肝来时，便脆了好吃。那小喽罗把水直泼到宋江脸上。宋江叹口气道：可惜宋江死在这里！

教师：施耐庵不仅写冷水浇到宋江的身上，还郑重其事地说明浇冷水的道理，目的在于制造出紧张气氛，形成悬念。同时与下文三个好汉听说这“牛子”竟是宋江后的反应作一对照，强调宋江在江湖上的威望。这是一种文学写法，并不是施耐庵真的强调江湖好汉有吃人心肝的嗜好。还有下面江州劫法场那段。

屏幕出示 蔡九知府听罢，依准黄孔目之言，直待第六日早晨，先差人去十字路口打扫了法场。饭后，点起士兵和刀仗刽子，约有五百余人，都在大牢门前伺候，巳牌时候，狱官禀了，知府亲自来做监斩官。黄孔目只得把犯由牌呈堂，当厅判了两个“斩”字，便将片芦席贴起来。江州府众多节级牢子，虽然和戴宗、宋江过得好，却没做道理救得他，众人只替他两个叫苦。当时打扮已了，就牢里把宋江、戴宗两个匾扎起；又将胶水刷了头发，绾个鹅梨角儿，各插上一朵红绫子纸花；

驱至青面圣者神案前，各与了一碗长休饭，永别酒。吃罢，辞了神案，漏转身来，搭了利子。六七十个狱卒早把宋江在前，戴宗在后，推拥出牢门前来。宋江和戴宗两个面面相觑，各做声不得。宋江只把脚来跌，戴宗低了头只叹气。江州府看的人真乃压肩叠背，何止一二千人……押到市曹十字路口，团团枪棒围住，把宋江面南背北，将戴宗面北背南，两个纳坐下，只等午时三刻，监斩官到来开刀。

教师：这一段描写特别细致，施耐庵显然是在有意吓人取乐，宋江、戴宗二人被押到法场上，就要问斩了，作者不写梁山好汉准备救人，偏要掉过头来，细细地写法场上刽子手如何做开刀的准备。金圣叹评论道："偏是急杀人事，偏要故意细细写出，以惊吓读者。盖读者惊吓，斯作者快活也。""读者曰：不然。我亦以惊吓为快活，不惊吓处，亦便不快活也。"又道："如得恶梦，偏不便醒，多挨一刻，即多吓一刻。"就如同很多人看恐怖片，明明害怕双手捂着脸，偏又要在手指缝里偷偷看是一个道理。

五 总 结

教师：从"食人心肝"这个话题出发，不难发现，《水浒传》确有意营造一种狞厉的美学风格。第五十一回讲，吴用等人为骗朱仝上梁山，让李逵杀死朱仝看护的小衙内，然后骗朱仝出城，说到城外树林子里还他小衙内。朱仝到林子看时，只见到小衙内尸体。金圣叹评点说："读至此句，失声一叹者，痴也。此自施耐庵奇文耳，岂真有此事哉！"金圣叹的意思是说，读小说要有适当的距离感，不能把小说中的事情都当真事来看，要把它当"文"，也就是文艺作品来看，这样才能比较好地欣赏一部小说。其实，《水浒传》里的许多描写，都需要用这种态度来读，否则就无法进入《水浒传》所营构的艺术世界之中。

《水浒传》的作者无意把梁山好汉写得文秀，反而对他们身上粗野一面大加渲染，这只能理解为有意打破传统的审美习惯。狰狞丑怪也可以成为审美的对象，猛兽恶鬼森然搏人的景观，在一定距离外欣赏，也有一种惊心动魄的美。

文明越悠久，对于这种粗犷的美接受越困难。文化让人变得精致的同时，也会让人丧失部分生命活力。《水浒传》接受中出现的问题，很大程度上就是这个原因造成的。

正如毛主席所言，要"文明其精神，野蛮其体魄"。我们应当明白，有一种素质是人类永不能丢弃的，那就是生命的活力。

教师（总结）：德国的哲学家尼采曾经带着偏执的情绪，指责现代的社会人："人性，太人性了！"未必就没有道理。学会如何欣赏《水浒传》，不仅让我们对于中国传统文化有更深层次的理解，还可以一定程度上，帮助我们克服由过度的文明所引起的集体软骨症。

《水浒传》里的店小二

——《水浒传》美学突破之三

一 导 入

教师：梁启超说过："一部二十四史，不过是二十四姓之家谱。"换言之，文学的主流是描摹帝王将相，小人物，从来是不被重视的。"一将功成万骨枯"，大众的眼光向来只注意到拥有无限光环的主角，那些卑微如草的小人物很少登得上大雅之堂。以《三国演义》为例，大家知道，历史上的刘备、关羽、张飞、曹操、孙权、诸葛亮这些人物也算得上名人。不仅如此，如果大家去翻翻《三国志》就会发现，《三国演义》里面出现的人物，在《三国志》中基本上都能找得到，而且都是有传记载的。所以不论是"战不三回合，被赵云一枪刺落马下"的高览，还是"捻长枪与韩当交锋，当手起一枪"就被刺死的焦触，虽然只出场一幕，但都是在历史上有记载的人物，上过史书的。

因而，《三国演义》的人物塑造还是停留在对于大人物的描写，极少涉及下层民众及小人物的细节刻画。

但是《水浒传》不一样，在这部书里出现了很多向来为人忽视的角色，比如店小二，在作者的笔下，焕发出了别样的光辉，可谓是别开生面。我们今天就来研究《水浒传》里的店小二。看看作者是怎样用如椽巨笔将这些连配角都算不上的小角色刻画得面目各异、栩栩如生的。

屏幕出示 《水浒传》里的店小二。

二 研 读

1. 有情有义李小二

教师：咱们再以林教头的故事为例。在《林教头风雪山神庙》这个回目中，出现了一个李小二，出场次数不超过两章。我们来看施耐庵都赋予了他哪些属性。

学生回顾相关情节。

屏幕出示 "我夫妻二人正没个亲眷，今日得恩人到来，便是从天降下。""谁不知恩人大名？休恁地说。但有衣服，便拿来家里浆洗缝补。"

师生总结：知恩图报。

屏幕出示 "大姐，这两个人来得不尴尬。"……"这两个人语言声音是东京人。初时又不认得管营，向后我将按酒入去，只听得差拨口里讷出一句高太尉三个字来，这人莫不与林教头身上有些干碍？我自在门前理会。你且去阁子背后听说甚么。"

师生总结：处处留心。

屏幕出示 只要提防他便了。岂不闻古人言："吃饭防噎，走路防跌？"

师生总结：思虑周全。

屏幕出示 “恩人，只愿如此。只是自放仔细便了”“恩人休要疑心，只要没事便好了。只是小人家离得远了，过几时挪工夫来望恩人。”

师生总结：善解人意。

总结：虽说有些地方概括的可能比较牵强，但是施耐庵在有限的笔墨里勾画出的小人物形象，确实让人眼前一亮。其实单就店小二这一角色，《水浒传》中还有很多典型的案例，比如景阳冈打虎中与武二郎对戏的店小二，同样是形象饱满，可圈可点。

2. 景阳冈的店家

屏幕出示 三碗不过冈。

教师：店家用“不过冈”这三个字，成功给顾客制造了一种焦虑。中国人向来都是有焦虑感的，马路不能很快过去，就会产生一种焦虑，于是就有了“中国式过马路”。如果想过景阳冈，那就不要超过三碗酒，如果不幸超过了三碗酒，那就不能过这景阳冈。

屏幕出示 武松入到里面坐下，把哨棒倚了，叫道：“主人家，快把酒来吃。”只见店主人把三只碗，一双箸，一碟热菜，放在武松面前，满满筛一碗酒来。武松拿起碗，一饮而尽，叫道：“这酒好生有气力！主人家，有饱肚的买些吃酒。”酒家道：“只有熟牛肉。”武松道：“好的，切二三斤来吃酒。”店家去里面切出二斤熟牛肉，做一大盘子，将来放在武松面前，随即再筛一碗酒。武松吃了道：“好酒！”又筛下一碗。恰好吃了三碗酒，再也不来筛。武松敲着桌子叫道：“主人家，怎的不来筛酒？”酒家道：“客官要肉便添来。”武松道：“我也要酒，也再切些肉来。”酒家道：“肉便切来添与客官吃，酒却不添了。”武松道：“却又作怪！”便问主人家道：“你如何不肯卖酒与我吃？”酒家道：“客官，你须见我门前招旗上面明明写道：‘三碗不过冈’。”武松道：“怎地唤做‘三碗不过冈’？”

店家没有回答武松的问题，而是说：你没有看见我的招旗吗？“三碗不过冈”。武松就问：怎么叫“三碗不过冈”。

武松问起来，店家当然要回答：我这里的酒虽然是村民自己酿的，却比市面上卖的那种老酒更有滋味，只要来我这里喝上三碗，必醉无疑，过不去前面的景阳冈。所以叫做“三碗不过冈”。店家后面接着说：“之前的客人到这里只喝三碗，也不再多问。”

屏幕出示 酒家道：“俺家的酒，虽是村酒，却比老酒的滋味。但凡客人来我店中，吃了三碗的，便醉了，过不得前面的山冈去，因此唤做‘三碗不过冈’。若是过往客人到此，只吃三碗，便不再问。”武松笑道：“原来恁地。我却吃了三碗，如何不醉？”酒家道：“我这酒叫做‘透瓶香’，又唤做‘出门倒’。初入口时，醇浓好吃，少刻时便倒。”武松道：“休要胡说！没地不还你钱，再筛三碗来我吃！”酒家见武松全然不动，又筛三碗。武松吃道：“端的好酒！主人家，我吃一碗，还你一碗钱，只顾筛来。”酒家道：“客官休只管要饮，这酒端的要醉倒人，没药医。”武松道：“休得胡鸟说！便是你使蒙汗药在里面，我也有鼻子。”店家被他发话不过，一连又筛了三碗。武松道：“肉便再把二斤来吃。”酒家又切了二斤熟牛肉，再筛了三碗酒。武松吃得口滑，只顾要吃，去身边取出些碎银子，叫道：“主人家，你且来看我银子，还你酒肉钱够么？”酒家看了道：“有余。还有些贴钱与你。”武松道：“不要你贴钱。只将酒来筛。”酒家道：“客官，你要吃酒时，还有五六碗酒哩！只怕你吃不的了。”武松道：“就有五六碗多时，你尽数筛将来。”酒家道：“你这条长汉，倘或醉倒了时，怎扶的你住？”武松答道：“要你扶的，不算好汉。”酒家那里肯将酒来筛。武松焦燥道：“我又不白吃你的！休要引老爷性发，通教你屋里粉碎！把你这鸟店子倒翻转来！”酒家道：“这厮醉了，休惹他。”再筛了六碗酒，与武松吃了。前后共吃了十八碗，绰了哨棒，立起身来道：“我却又不曾醉！”走出门前来笑道：“却不说‘三碗不过冈’！”手提哨棒便走。

武松又要店家来添酒，店家说“还有五六碗酒，只怕你吃不了”传达了两个信息：第一，我还可以给你倒两次，六碗酒，一次三碗。第二，你喝不了这么多酒。

屏幕出示 酒家赶出来叫道：“客官那里去！”武松立住了，问道：“叫我做甚么？我又不少你酒钱，唤我怎地？”酒家叫道：“我是好意。你且回来我家，看抄白官司榜文。”武松道：“甚么榜文？”酒家道：“如今前面景阳冈上有只吊睛白额大虫，晚了出来伤人，坏了三二十条大汉性命。官司如今杖限猎户擒捉发落。冈子路口多有榜文；可教往来客人，结伙成队，于巳、午、未三个时辰过冈，其余寅、卯、申、酉、戌、亥六个时辰，不许过冈。更兼单身客人，务要等伴结伙而过。这早晚正是未末申初时分，我见你走都不问人，枉送了自家性命。不如就我此间歇了，等明日慢慢凑的三二十人，一齐好过冈子。”武松听了，笑道：“我是清河县人氏，这条景阳冈上，少也走过了一二十遭，几时见说有大虫？你休说这般鸟话来吓我。便有大虫，我也不怕！”酒家道：“我是好意救你，你不信时，进来看官司榜文。”武松道：“你鸟做声！便真个有虎，老爷也不怕！你留我在家里歇，莫不半夜三更，要谋我财，害我性命，却把鸟大虫唬吓我。”酒家道：“你看么！我是一片好心，反做恶意，倒落得你恁地！你不信我时，请尊便自行！”

教师：到现在为止，武松要离开酒店，店家告诉武松：现在景阳冈上有一只吊睛白额老虎，晚上出来吃人，已经吃了二三十个壮汉。官府让猎户去捉，捉不到要打棍子。附近的村民都有榜文，只有在早上 9 点到下午 3 点之间，可以成群结队地过景阳冈，其余时间不许过，单个客人不许过。现在刚过了下午 5 点，你现在过冈白白送死，不如在我这住一晚上，明天凑齐了人再走。

从武松进店之前就看到“三碗不过冈”的招旗，到离开酒店的时候，还提了一句“三碗不过冈”。在施耐庵笔下，店家的作用是很明显的，为后面的武松打虎埋下了伏笔。

3. 卑微的延安府店小二

屏幕出示 店小二拦住道:“金公,那里去?”鲁达问道:“他少你房钱?”小二道:“小人房钱,昨夜都算还了。须欠郑大官人典身钱,着落在小人身上看管他哩!”鲁提辖道:“郑屠的钱,洒家自还他。你放这老儿还乡去。”那店小二那里肯放。鲁达大怒,揸开五指,去那小二脸上只一掌,打的那店小二口中吐血;再复一拳,打下当门两个牙齿。小二扒将起来,一道烟走向店里去躲了。……那店小二把手帕包了头,正来郑屠家报说金老之事,却见鲁提辖坐在肉案门边,不敢拢来,只得远远的立住,在房檐下望。

教师:以店小二的身份,决定了他们终日里只能是唯唯诺诺,以博南来北往的客人一哂。饭店、旅店,往来过客身份繁杂,面对各色人等,店小二均得点头哈腰,左右奉承,即便是遇上厉声呵斥,拳脚相迎,也还得低眉垂首,卑微隐忍。尤其是《鲁提辖拳打镇关西》这一回中的店小二。

不少人说,《鲁提辖拳打镇关西》中的这一位无名无姓的店小二,虽位低人卑,却为虎作伥。郑屠让他看管金老父女,他“尽职尽责”,蛮横无理地拦住这对可怜的父女,没有丝毫的同情之心。他的霸道,正反映了郑屠的跋扈,换句话说,他就是郑屠的影子。因此,被鲁达“去那店小二脸上只一掌,打的那店小二口中吐血;再复一拳,打落了两个当门牙齿”。

也有人说,那店小二是市井无赖之徒,助纣为虐,欺压良民,又胆小怕事,在遇上疾恶如仇的鲁提辖一拳一掌之后,只好“一道烟向店里去躲了”。

教师:其实,这个店小二也还是颇值得同情的。他虽受郑屠之命看管金老父女,但仅此而已,并没有更多地伤害到金老父女,虽有大错,却无大恶。况且,这位低人卑的店小二,是绝对得罪不起那号称“镇关西”,连“鲁提辖”也不怎么放在眼里的“郑大官人”的。除非他一走了之,不干这挣不了几个铜钱只可以勉强养家糊口的小二的差事。

店小二被打了，他只能“把手帕包了头”，不敢向郑屠“报说金老父女之事”，只是“在房檐下望”。而鲁达酣畅淋漓地“拳打镇关西”之时，这店小二“哪里敢过来”，只是“惊呆了”地看着。如此种种，我们并没有看到他的市井无赖和助纣为虐，看到更多的，却是一个胆小怕事、位低人卑的底层小人物的形象。被“打落了两个当门牙齿”，失去了为客人服务的体面，而且惹下了这么多的麻烦，这个店小二，在这客店里，卷起铺盖走人，也怕只是早晚的事了。

4. 仗势欺人的祝家庄店小二

屏幕出示 小二道：“我店里的鸡，却那里去了？”时迁道：“敢被野猫拖了，黄猩子吃了，鹞鹰扑了去，我却怎地得知！”小二道：“我的鸡才在笼里，不是你偷了是谁？”石秀道：“不要争，直几钱，赔了你便罢。”店小二道：“我的是报晓鸡，店内少他不得，你便赔我十两银子也不济，只要还我鸡。”石秀大怒道：“你诈哄谁？老爷不赔你，便怎地？”

店小二笑道：“客人，你们休要在这里讨野火吃！只我店里不比别处客店，拿你到庄上，便做梁山泊贼寇解了去。”石秀听了，大骂道：“便是梁山泊好汉，你怎么拿了我去请赏！”杨雄也怒道：“好意还你些钱，不赔你，怎地拿我去！”小二叫一声：“有贼！”只见店里赤条条地走出三五个大汉来，径奔杨雄、石秀来，被石秀手起，一拳一个，都打翻了。小二哥正待要叫，被时迁一掌，打肿了脸，作声不得。

教师：少年时候研究历史，每每慨叹第一次世界大战居然是由萨拉热窝的一个不起眼的小人物的暗杀引发的，蝴蝶效应灵敏如斯。梁山泊三打祝家庄又何尝不是小人物触发的？

教师：人言：店大欺客。此言一点不假。因为背靠祝家庄这株大树，连祝家店的一个小小伙计也敢于向杨雄、石秀这样的凶神恶煞叫板。单看杨雄，因为长年杀人而积累的杀气和拼命三郎天生的那股狠劲，就不是什么良善之辈，寻常店家自不愿招惹，况且石秀已表示照价赔偿。可店小二依仗祝家庄的支持，口出狂言：“客人，你们休要在这里讨野火吃！只我店里不比别处客店，拿你到庄上，便做梁山泊贼寇解了去。”可见店小二不但倚势欺人，而且还经常编织罪名陷害他人，把普通路人冤作梁山泊贼寇邀功请赏已习以为常。但诬蔑他人为梁山泊贼寇和遇到真正的梁山泊贼寇是不同的两个概念，前者可以邀功请赏，后者就可能招来兵戎之灾。祝家无剿灭梁山之责，却有守家卫土之职，轻易肯定也不愿引火烧身，与梁山真的刀兵相见。而石秀自报家门是梁山好汉，稍有点头脑，店小二也应该知道此事处理不当会引发什么样的后果，而事后也证明宋江因此事差点就要屠村。店小二的做法虽然不能说全错，但在乱世之中就该按照乱世的法则行事。正是他不计后果的一闹，让小偷小摸变成了血雨腥风，一件普通的小事升级成了整个独龙冈的悲剧。

三 总　结

教师：小人物的出现，使得《水浒传》整本小说变得生活化了许多，更真实可感，更接地气。

《水浒传》里的父母

——《水浒传》美学突破之四

一 导 入

教师：金圣叹说："别一部书，看过一遍即休。独有《水浒传》，只是看不厌，无非为他把一百八个人性格，都写出来。《水浒传》写一百八个人性格，真是一百八样。若别一部书，任他写一千个人，也只是一样；便只写得两个人，也只是一样。《水浒传》章有章法，句有句法，字有字法。"

今天我们计划梳理一下书中人物的父母形象，看施耐庵是如何细致刻画人物的。

二 研 读

（一）王进之母

故事背景：高俅未发迹之学棒时，被王进父亲一棒打翻，三四个月将息不起。故而和王进父亲结仇。高俅做了殿帅府太尉之后，公报私仇，要借故收拾王进。以王进不来参拜为由，将王进痛加杖责。

原文：这时其母亲说："我儿，'三十六着，走为上着'。只恐没处走。"

点评：书中写王进是"儒家气象"，写其忠和孝顺。故而王进遭到高俅杖责之后，回家与母亲相见，书中用"母子二人，抱头而哭"来写，不写其英雄而写其儒雅孝顺。而王进母亲的语言却显得明智许多，直言"走为上着"，避其锋芒，另寻出路。王母之开明智慧，不可忽略。

原文：其母又说："我儿，和你要私走，只恐门前两个牌军是殿帅府拨来伏侍你的，他若得知，须走不脱。"

点评：王母不仅明智，而且精细。母子两个打算私走，但是门外的监视是王母最先发觉的。其精细和认真，可见一斑。而后文王进私走之文，作者一路勤写"母子二人"，活画出两人相依为命的情态，也写出王进的孝顺和忠厚。

（二）史进之父

故事背景：王进母子私走东京，借宿史家庄。期间，王进母亲生病，王进在史家庄待了一段时间，遇见九纹龙史进，并收他为徒，教授史进十八般武艺。在这个片段，施耐庵寥寥几笔写活了史太公这个人物。

原文：王进见了便拜，太公连忙道："客人休拜，且请起来。你们是行路的人，辛苦风霜，且坐一坐。"

点评：一句善解人意的话，让人觉得温暖。

原文：王进提出借宿一晚，并且愿意交付租金时，太公道："不妨。如今世上人，那个顶着房屋走哩。你母子二位，敢未打火？"

点评：一句俗语，暗示太公农民的身份，并且显得善解人意，非常豁达。紧接着就问是否吃饭，也显示出太公忠厚的性格。

原文：王进借宿一晚，王进母亲因为赶路太紧，晚上生病。母子俩在房间里声唤。太公听到声音，但是不好直接问。他这样说："客官失晓，好起了。"

点评：这句话既避免了王进尴尬，也显示出太公已经猜出一二，但是故意不说破，这句话显得很有礼貌和含蓄。

故事背景：王进母亲生病期间，他在史家庄待了一段时间。偶然情况下遇见史进在后园使棒。王进说史进的棒法，赢不得真好汉。史进大怒，要跟王进比试。王进只是笑，不肯动手。

原文：太公道："客官既是肯教小顽时，使一棒何妨？"王进笑道："恐冲撞了令郎时，须不好看。"太公道："这个不妨。若是打折了手脚，也是他自作自受。"

点评：史太公不说比试说"教"，其间既有尊重王进之意，也有爱护儿子之意。而后文说"若是打折了手脚，也是他自作自受"，更是一个对顽皮儿子说话的口气，其中溺爱之情跃然纸上。以史太公的眼光，也看出王进不是凡人。故而后文史太公说："师父如此高强，必是个教头。小儿有眼不识泰山。"可见史太公的目光老辣，但是其人仍然是恭谨有礼，显得落落大方。

原文：王进打败史进后，史太公大喜，力邀王进教史进功夫，同时对史进说道："我儿，可知输了？快来再拜师父。"

点评："我儿，可知输了？"这句非常形象，写出对顽劣的儿子没有办法，同时也有揶揄儿子的意思。而"我儿"更是充满了对史进的溺爱。

原文：史太公这样介绍他的儿子："……老汉的儿子从小不务农业，只爱刺枪使棒。母亲说他不得，呕气死了。老汉只得随他性子，不知使了多少钱财，投师父教他。又请高手匠人，与他刺了这身花绣，肩臂胸膛总有九条龙，满县人口顺，都叫他做九纹龙史进。教头今日既到这里，一发成全了他亦好。老汉自当重重酬谢。"

点评：这中间包含的是太公对史进的溺爱和骄纵。史进的气魄和傲气，就是太公这样培养起来的。

（三）金老汉

故事背景：史进大闹史家村后，夜走华阴县，来到渭州遇见了鲁达，《水浒传》进入鲁达故事板块。鲁达在这遇见了被镇关西欺压的金氏父女，鲁达决定仗义相救。

原文：鲁达又道："老儿，你来。洒家与你些盘缠，明日便回东京去如何？"父子两个告道："若是能够回乡去时，便是重生父母，再长爷娘。只是店主人家如何肯放？郑大官人须着落他要钱。"

点评：金氏父女非常知道感恩。"重生父母，再长爷娘"这一句不是空话，后文金老汉一直用"恩人"来称呼鲁达，其知足和感恩的性格让人很感动。

原文：后来金老汉没回东京，在雁门县安了家。金老汉这样叙述："恩人在上，自从得恩人救了，老汉寻得一辆车子，本欲要回东京去，又怕这厮赶来，亦无恩人在彼搭救，因此不上东京去。随路望北来，撞见一个京师古邻，来这里做买卖，就带老汉父子两口儿到这里。亏杀了他，就与老汉女儿做媒，结交此间一个大财主赵员外，养做外宅，衣食丰足，皆出于恩人。我女儿常常对他孤老说提辖大恩。那个员外也爱刺枪使棒，常说道：'怎地得恩人相会一面也好。'想念如何能够得见。且请恩人到家，过几日却再商议。"

点评："恩人在上""自从得恩人救了""亦无恩人在彼搭救""衣食丰足，皆出于恩人"，这些话都真切地写出了金老汉知恩图报的性格，并且体现出金老汉对鲁达的信任和依赖。并且和女儿经常提起鲁达，想要相会报答他，这些都看出金老汉忠厚的性格。金老汉一直把鲁达当成至亲人看待，后文也是金老汉发现官府人在秘密查访鲁达，而来通风报信给鲁达的。

原文：后文还有很多金氏父女感恩的话语，摘录如下：

（1）老儿揭起帘子，叫道："我儿，大恩人在此。"那女孩儿浓妆艳裹，从里面出来，请鲁达居中坐了，插烛也似拜了六拜，说道："若非恩人垂救，怎能够有今日。"

（2）老儿道："提辖恩念，杀身难报。量些粗食薄味，何足挂齿。"

（3）金老倒地便拜，鲁提辖道："老人家，如何恁地下礼？折杀俺也。"金老说道："恩人听禀：前日老汉初到这里，写个红纸牌儿，旦夕一炷香，父女两个兀自拜哩。今日恩人亲身到此，如何不拜？"鲁达道："却也难得你这片心。”

点评：鲁智深的性格比较豁达，有时候也显得比较托大。“却也难得你这片心”这句就活画出鲁达粗鲁但是真诚的性格；救你是我应该做的，你感念我，我也受之不疑。鲁达之粗疏可爱正在此处，不谦虚，更不作伪。

(四) 桃花山刘太公

故事背景：鲁智深大闹五台山之后，被逐出寺庙，只有去东京大相国寺寻出路。在路上发生了很多故事，其中之一就是在桃花庄发生的事情。小霸王周通遇见刘太公的女儿，羡其美色，定要娶来做压寨夫人。鲁智深遇见此事，当然要管。而刘太公是一个怯懦的人，不愿意把女儿嫁给强盗，但是也不敢得罪他们。刘太公的形象显得很有漫画喜剧色彩。

原文：首先是，鲁智深要借宿桃花村，刘太公招待他。鲁智深道：“洒家不忌荤酒，遮莫甚么浑清白酒，都不拣选；牛肉狗肉，但有便吃。”鲁智深很快把一壶酒和一盘肉都吃尽了。

点评：这时候作者用“呆了半晌”来描写刘太公，显示出刘太公被鲁智深的吃相和速度吓傻了，想来真是很有画面感。

原文：鲁智深吃完饭后，跟刘太公闲聊，知道了刘太公的苦恼。刘太公既不愿把女儿嫁给强盗，但是也不敢得罪强盗。因此鲁智深说他“你也是个痴汉”。可见刘老汉一筹莫展的忠厚模样。

当鲁智深诈称可以用缘法来说得山大王回心转意时，刘太公这样说：“他是个杀人不眨眼魔君，你如何能勾得他回心转意?”智深道：“洒家在五台山智真长老处，学得说因缘，便是铁石人，也劝得他转。今晚可教你女儿别处藏了，俺就你女儿房内说因缘劝他，便回心转意。”太公道：“好却甚好，只是不要捋虎须。”智深道：“洒家的不是性命！你只依着俺行，并不要说有洒家。”太公道：“却是好也！我家有福，得遇这个活佛下降。”庄客听得，都吃一惊。

点评：刘太公确实有点痴，鲁智深膀大腰圆，并且身带戒刀，样貌凶恶并且吃相吓人，如何会缘法？并且庄客们都“吃一惊”，反而刘太公却欢天喜地以为得到了救星。刘太公怯懦并且谨小慎微，也写出了经常受强盗欺负的百姓的心态。而听到鲁智深可以用因缘之法说得那山大王能够回心转意时，刘太公除了开心就是讨好鲁智深。怎么讨好呢？

原文：因为刚才看到鲁智深凶恶的吃相，所以只好问："再要饭吃么？"智深道："饭便不要吃，有酒再将些来吃。"太公道："有，有！"

点评：这一段写得非常幽默，要细细领会。刘太公病急乱投医，"有，有！"两字写出他内心的安定。

原文：后文小霸王周通要来强娶媳妇，刘太公下跪相迎，那大王把手来扶道："你是我的丈人，如何倒跪我？"太公道："休说这话，老汉只是大王治下管的人户。"

点评：这句话在此加深了刘太公怯懦胆小的性格。后来鲁智深在房中痛打小霸王周通，更让刘老汉吃了一惊。"刘太公惊得呆了：只道这早晚正说因缘劝那大王，却听的里面叫救人。太公慌忙把着灯烛，引了小喽啰，一齐抢将入来"。

点评：请注意：刘太公这时候是去救山大王的，其胆小怕事，并且懵懵懂懂的性格，写得非常形象。

原文：后来鲁智深说出自己是五台山的和尚，并且功夫高强。这时候刘太公的表现更为幽默。太公道："师父休要走了去，却要救护我们一家儿使得。"智深道："甚么闲话！俺死也不走。"太公道："且将些酒来师父吃，休得要抵死醉了。"鲁智深道："洒家一分酒只有一分本事，十分酒便有十分的气力。"太公道："恁地时最好。我这里有的是酒肉，只顾教师父吃。"

点评：刘太公知道唯有酒肉才能挽留住鲁智深，所以说"且将些酒来师父吃"，这一句非常幽默，写出刘太公无计可施，唯有以酒饭留人的慌张模样，并且又怕鲁智深醉倒了不济事，故而谆谆告诫"休得要抵死醉了"。待鲁智深解释后，才放下心来，仍然只说"有的是酒肉"，想来真是好笑。

原文：后来打虎将李忠要为小霸王周通报仇，带兵马去桃花村找鲁智深，认出了鲁智深，三人相见才知是兄弟。这时候刘太公的表现更有意思。“刘太公见了，又只叫苦：‘这和尚原来也是一路！’那老儿见说是兄弟，心里越慌，又不敢不出来”。

点评：这段写出刘太公胆小怕事，也有点分不清是非，只是怕强盗，一副安分守己的模样。后来还是鲁智深劝说周通放弃这门亲事，放刘太公女儿回家，刘太公才大喜。

鲁智深大闹桃花村一段，作者是以极为幽默的笔法写出的，漫画感十足，人物形象都显得滑稽幽默，刘太公胆小怕事，又有点不分是非的形象刻画得非常细致。

(五) 李逵之母

故事背景：话说李逵看见宋公明把父亲和弟弟带上梁山，喝酒吃肉，每日快活；又见公孙胜也回老家去看娘，不由得触景生情，想起自己的老娘，便哭闹着要回家接娘来梁山享福。

原文：李逵赶到董店东时，日已平西。迳奔到家中，推开门，入进里面，只听得娘在床上问道：“是谁人来?”李逵看时，见娘双眼都盲了，坐在床上念佛。李逵道：“娘，铁牛来家了！”娘道：“我儿，你去了许多时，这几年正在那里安身？你的大哥只是在人家做长工，止博得些饭食吃，养娘全不济事！我时常思量你，眼泪流干，因此瞎了双目。你一向正是如何?”

点评：一个儿子忠厚老实，做工养母亲，母亲评论说：“你的大哥只是在人家做长工，止博得些饭食吃，养娘全不济事！”念佛的母亲思念的却是惹祸出走，杀人不眨眼的小儿子。这实在是讽刺。金圣叹评这一段：“念佛娘养出吃人儿子，可笑一。半世念佛临终却被虎吃，可笑二。只二字，活画出村里老妪来。”他娘先问他怎么样，这是人之常情。但是，没等李逵回答，他娘就开始抱怨李达养娘不行。怎么个不行呢？只能给些饭吃，别的都谈不上。就像《曾子本孝》讲，小人的孝，就是努力让父母有口饭吃。李逵早年打死人跑了，他哥替他坐牢，那时候，他娘是谁照顾呢？那时候，他娘不需要照顾，因为那时候她还没有瞎。一个农村妇女，到了晚年，只要身体健康，自食其力是没有问题的。后来怎么瞎的？哭李逵哭瞎的。一个人早年失明，还能多少学点生存技能，到了晚年再失明，就丧失劳动能力了。

这样的老太太，见到小儿子回来，最迫切的倒不是听他讲这几年如何过的，而是先抱怨大儿子养她不力。可见这老太太多少有些自私。

李达是真的无能吗？从下文看，恐怕不是。

第一，据李达说："当初他打杀了人，教我披枷带锁，受了万千的苦。"简单地说，十多年来李逵逍遥法外，李达忍辱负重。在这样的情况下，照顾母亲，很不容易。

第二，李逵参与江州劫法场，公文下到原籍，李达又遭到牵连，据李达说："……前日江州行移公文到来，着落原籍追捕正身，却要捉我到官比捕。又得财主替我官司分理，说他兄弟已自十来年不知去向，亦不曾回家，莫不是同名同姓的人冒供乡贯？又替我上下使钱，因此不吃官司杖限追要。现今出榜，赏三千钱捉他。"由此可知，当时的李逵是官府悬赏的通缉犯，作为罪犯的哥哥，李达非常尴尬，财主却愿意为只是长工的李达担保甚至上下使钱，合理的解释是李达的人品足够令人信任。

第三，李达要阻止李逵带走母亲，自知不是李逵的对手，离家叫人，从财主家一下子叫来十来个庄客飞也似赶到家里，而且当时正是吃饭的时候。由此可知，信任李达的不是只有财主一人。

一个是十多年忍辱负重照顾自己的李达，一个是十多年没有回家的李逵，前后也就是一顿饭左右的时间，李逵的母亲就有了自己的选择。就情理而言，李逵是不是通缉犯，有没有做官，李逵的母亲不至于完全没有概念，选择李逵与其说是信任李逵，不如说是要离开李达，因为李达"全不济事"。

（六）施恩之父

原文：老管营亲自与武松把盏，说道："义士如此英雄，谁不钦敬！愚男原在快活林中做些买卖，非为贪财好利，实是壮观孟州，增添豪杰气象。不期今被蒋门神倚势豪强，公然夺了这个去处，非义士英雄，不能报仇雪恨。义士不弃愚男，满饮此杯，受愚男四拜，拜为长兄，以表恭敬之心。"

武松答道："小人年幼无学，如何敢受小管营之礼？枉自折了武松的草料！"当下饮过酒，施恩纳头便拜了四拜。武松连忙答礼，结为弟兄。

点评：老管营到底是久历官场，姜还是老的辣，官腔十足，不像他儿子那样赤裸裸地直言不讳，他把他儿子的江湖行径描述得大义凛然，把官吏间"黑吃黑"的行为描摹成恃强凌弱下的受迫害。

原文：且说武松下在大牢里……话里却说施恩已有人报知此事，慌忙入城来和父亲商议。老管营道："眼见得是张团练替蒋门神报仇，买嘱张都监，却设出这条计策陷害武松。必然是他着人去上下都使了钱，受了人情贿赂，众人以此不由他分说，必然要害他性命。我如今寻思起来，他须不该死罪。只是买求两院押牢节级便好，可以存他性命，在外却又别作商议。"施恩道："见今当牢节级姓康的，和孩儿最过得好。只得去求浼他如何？"老管营道："他是为你吃官司，你不去救他，更待何时。"

点评：黑云压城之际，老管营依然处变不惊，条分缕析，鞭辟入里，把事情原委一眼看穿，然后拿出一套补救方案，一下子就把死局做活了。

三 结 语

教师：施耐庵的厉害之处就在于把同一类人写得形形色色。我们看这些父母，何尝不是看人生百态？

那些动人心弦的小物件

——《水浒传》美学突破之五

一 导 入

屏幕出示 金·完颜璹《渔父词·其二》:“钓得鱼来卧看书,船头稳置酒葫芦。”元·徐再思《卖花声》:“碧桃红杏桃源路,绿水青山水墨图,杖头挑着酒胡芦。”元·睢景臣《哨遍·高祖还乡》:“王乡老执定瓦台盘,赵忙郎抱着酒胡芦。”

教师:试回顾文坛众多星宿,哪些人有酒葫芦?不是闲云野鹤的隐士,就是羁旅天涯的游子,抑或郁郁不得志的文士,再不就是醉生梦死的市侩。譬如词家朱敦儒,性格也算消散疏狂。他在《苏幕遮》里这样写道:“酒葫空,歌扇去。独倚危楼,无限伤心处。芳草连天云薄暮。故国山河,一阵黄梅雨。有奇才,无用处。壮节飘零,受尽人间苦。欲指虚无问征路。回首风云,未忍辞明主。”可怜可叹,“受尽人间苦”还“未忍辞明主”。

那么,施耐庵为什么要给林冲设计一个酒葫芦?

二 林冲的酒葫芦

屏幕出示 老军都点见了堆数，又引林冲到草厅上。老军收拾行李，临了说道："火盆、锅子、碗碟，都借与你。"林冲道："天王堂内，我也有在那里。你要，便拿了去。"老军指壁上挂一个大葫芦，说道："你若买酒吃时，只出草场，投东大路去三二里，便有市井。"老军自和差拨回营里来。

只说林冲就床上放了包裹被卧，就坐下生些焰火起来。屋边有一堆柴炭，拿几块来生在地炉里。仰面看那草屋时，四下里崩坏了，又被朔风吹撼，摇振得动。林冲道："这屋如何过得一冬？待雪晴了，去城中唤个泥水匠来修理。"向了一回火，觉得身上寒冷，寻思："却才老军所说二里路外有那市井，何不去沽些酒来吃？"便去包裹里取些碎银子，把花枪挑了酒葫芦，将火炭盖了，取毡笠子戴上，拿了钥匙，出来把草厅门拽上。出到大门首，把两扇草场门反拽上锁了，带了钥匙，信步投东。

教师：我们仔细看这一段文字里林冲的动作是如何地仔细：盖了火，防止灾害；关上一扇一扇门，带了钥匙，然后出门。可见他这时候对生活、对自身的安全是何等地在意！那么我们可以猜想：如果没有这个酒葫芦，林冲的小心在意有用吗？

屏幕出示 主人道："客人那里来？"林冲道："你认得这个葫芦么？"主人看了道："这葫芦是草料场老军的。"林冲道："如何便认的？"店主道："既是草料场看守大哥，且请少坐。天气寒冷，且酌三杯，权当接风。"

教师：林冲在得知陆虞候他们追来沧州，小心到了极处。请看这几句话，便可得知一二。

因为老军在交割的时候交代过林冲在哪里打酒，说明老军经常在那里打酒。故而店主认得老军的酒葫芦。当店主道出酒葫芦来历，林冲讲道："如何便认的？"意即是这样啊，我明白了。这不是他回答得蹊跷，而是他第一句问得蹊跷。请看他问：你认得这个葫芦么？但是人家明明问的是：客官那(哪)里来？是不是俩人答非所问？其实林冲是听了酒生李小二偷听得陆谦、富安和管营、差拨的阴谋，交代林冲，林冲生的戒心。从这个意义上讲，他问"你认得这个葫芦么？"这句话，是在试探店主，看他是否受了陆谦等人的指示对自己下黑手。当店主说出是老军经常带酒葫芦来打酒时，林冲的"如何便认的？"可以引申为自己对自己说的："林冲，事情很简单，是你想复杂了。"在文章中他自去了草料场，半月无事，他已然放松，但仍然警惕着他们对自己下手。顾虑消除了之后，正是这个葫芦，盛满了酒浆，温暖了雪夜的林冲。

屏幕出示 店家切一盘熟牛肉，烫一壶热酒，请林冲吃。又自买了些牛肉，又吃了数杯，就又买了一葫芦酒，包了那两块牛肉，留下些碎银子。把花枪挑着酒葫芦，怀内揣了牛肉，叫声相扰，便出篱笆门，仍旧迎着朔风回来。看那雪，到晚越下得紧了。

……

林冲钻将出来，见天色黑了，寻思："又没打火处，怎生安排？"想离了这半里路上，有个古庙，可以安身。"我且去那里宿一夜，等到天明却做理会。"把被卷了，花枪挑着酒葫芦，依旧把门拽上锁了，望那庙里来。入的庙门，再把门掩上，傍边止有一块大石头，掇将过来，靠了门。入的里面看时，殿上塑着一尊金甲山神，两边一个判官，一个小鬼，侧边堆着一堆纸。团团看来，又没邻舍，又无庙主。林冲把枪和酒葫芦放在纸堆上，将那条絮被放开；先取下毡笠子，把身上雪都抖了，把上盖白布衫脱将下来，早有五分湿了，和毡笠放在供桌上，把被扯来盖了半截下身。却把葫芦冷酒提来便吃，就将怀中牛肉下酒。

教师：在大雪纷飞的寒夜，林冲把花枪挑了酒葫芦，将火炭盖了，怀内揣了牛肉……这一幕幕的无声，恰是他最大声的痛诉。此时唯有喝酒，才能抵挡严寒；唯有这一葫芦酒，才能让心中稍微不那么痛楚。

林冲身负花枪，挑着酒葫芦，踉跄着行走在白雪皑皑的野地，惨白的雪，枪穗嫣红，葫芦晃动，一缕酒香，如同他的人生，踉踉跄跄。

所以说，尽管林冲酒量很差，但是花枪配酒，却是侠骨柔肠的最好写照。

屏幕出示 ……把尖刀插了，将三个人头发结做一处，提入庙里来，都摆在山神面前供桌上。再穿了白布衫，系了搭膊，把毡笠子带上，将葫芦里冷酒都吃尽了。被与葫芦都丢了不要，提了枪，便出庙门投东去。走不到三五里，早见近村人家都拿着水桶、钩子来救火。林冲道："你们快去救应，我去报官了来。"提着枪只顾走，有诗为证：

天理昭昭不可诬，莫将奸恶作良图。

若非风雪沽村酒，定被焚烧化朽枯。

自谓冥中施计毒，谁知暗里有神扶。

最怜万死逃生地，真是魁奇伟丈夫。

教师：酒，本是英雄豪杰的最爱，一旦盛以葫芦，则情势大变。想来纵是一腔豪气如酒，倘有酒壶束缚，应是不甘砰然一掷，自不能畅然一饮。饮不尽把皇帝拉下马的不羁豪情，自然要饮下悲悲切切凄凄惨惨戚戚。

豪杰饮酒莫不以碗，饮后就摔，从未见谁随身携带。壮士者，为一大事来，为一大事去。俗物若在眼中，焉是无牵无挂之人？若非无牵无挂之人，大事如何成功？被子是温暖的巢窠，葫芦消磨英雄的豪气（尽管酒能激情励志），所以林冲将"被与酒葫芦都丢了不要"之时，方脱尽怯弱萎靡，初露豪杰峥嵘。

三 武松的衣服

教师：高明的作家一定不会在作品里存在可有可无的文字，所以我们一定要学会研究文章里的细节，尤其是要学会前后照应着读这些相关的细节。

下面我们尝试来读一读有关武松的细节。

> **屏幕出示** 天明，武松起来洗漱罢，众多上户牵一腔羊，挑一担酒，都在厅前伺候。武松穿了衣裳，整顿巾帻，出到前面，与众人相见。
>
> 武松洗漱了口面，裹了巾帻，出门去县里画卯。
>
> ……

教师：有人统计过，《水浒传》里描写武松洗漱的文字有十多处。这些说明什么？说明武松爱干净。

> **屏幕出示** 武松穿了一领新纳红绸袄，戴着个白范阳毡笠儿，背上包裹，提了杆棒，相辞了便行。

教师：这是武松打虎时穿的衣服，干净鲜艳一个帅小伙。

> **屏幕出示** 武松回到下处房里，换了衣服鞋袜，戴上个新头巾，锁上了房门，一径投紫石街来。

教师：武松从东京归来之后去看哥哥嫂子，特意换上新头巾，是不是特别注意自己的穿着打扮？

> **屏幕出示** 武松沉吟了半晌，便出门去，径投县里来；开了锁，去房里换了一身素净衣服，便叫土兵打了一条麻绦，系在腰里。

教师：武松去调查哥哥的死因时，特意换上衣服。

屏幕出示 当夜武松巴不得天明，早起来洗漱罢，头上裹了一顶万字头巾，身上穿了一领土色布衫，腰里系条红绢搭膊，下面腿絣护膝，八搭麻鞋。

教师：武松去打架的时候还不忘打扮一下。

教师：如果单是看武松的打扮，可能大家发现不了什么出奇之处。我们现在调动思维：宋江杀阎婆惜的时候，穿的什么衣服？晁盖喜欢穿什么颜色的衣服？不记得了吧？因为作者几乎不说。许多水浒人物刚出场的时候，作者偶尔会描述某些人物的服饰来衬托人物形象。但是，在人物平时的生活中，具体穿着打扮，作者几乎不提！那么为什么施耐庵如此偏爱武松呢？为什么多次描写武松的穿着打扮呢？

是不是可以确定：多次描写武松各种颜色的衣服，施耐庵是在说明，武松非常注意自己的形象。按照今天的眼光来看，武松就是一个爱时尚、爱打扮、爱干净的帅小伙！如果我的判断没有错的话，就产生了一个很奇怪的问题。武松为什么在后期穿上那件死人留下的、黑色的行者衣服，就再也不肯脱下来呢？

屏幕出示 孙二娘道："二年前，有个头陀打从这里过，吃我放翻了，把来做了几日馒头馅。却留得他一个铁戒箍，一身衣服，一领皂布直裰，一条杂色短穗绦，一本度牒，一串一百单八颗人顶骨数珠，一个沙鱼皮鞘子，插着两把雪花镔铁打成的戒刀。这刀时常半夜里鸣啸的响，叔叔前番也曾看见。今既要逃难，只除非把头发剪了，做个行者，须遮得额上'金印'。又且得这本度牒做护身符，年甲貌相又和叔叔相等，却不是前缘前世？阿叔便应了他的名字，前路去，谁敢来盘问？这件事好么？"张青拍手道："二娘说得是，我倒忘了这一着。"正是：

缉捕急如星火，颠危好似风波。若要免除灾祸，且须做个头陀。

张青道:“二哥,你心里如何?”武松道:“这个也使得,只恐我不像出家人模样。”张青道:“我且与你扮一扮看。”孙二娘去房中取出包裹来打开,将出许多衣裳,教武松里外穿了。武松自看道:“却一似与我身上做的。”着了皂直裰,系了绦,把毡笠儿除下来,解开头发,折迭起来,将戒箍儿箍起,挂着数珠。张青、孙二娘看了,两个喝采道:“却不是前生注定!”武松讨面镜子照了,也自哈哈大笑起来。张青道:“二哥为何大笑?”武松道:“我照了自也好笑,我也做得个行者!大哥,便与我剪了头发。”张青拿起剪刀,替武松把前后头发都剪了。

教师:大家知道行者的形象打扮是什么样子吗?如果没见过,可以参考连续剧《西游记》里沙和尚的形象。我觉得不管用哪个朝代的审美观来看,那身行头都不好看。

行者是什么样?头顶的头发剃掉,前后头发都不留,只留下鬓角的长发,然后戴一发箍,穿一件黑色大袍子。这样子,怎么想都觉得不好看!武松为什么就喜欢这个样子?武松这个行为与他前期的行为不矛盾吗?有人说,他是为了避祸,但是当他上了二龙山之后,完全可以把这死人的衣服扔掉的呀!

从武松做了行者之后再也不改变形象这一点出发,我们该探求在大闹飞云浦血溅鸳鸯楼之后,武松的心理发生了怎样的变化?

屏幕出示 武松辞了出门,插起双袖,摇摆着便行。张青夫妻看了,喝采道:“果然好个行者!”但见:

前面发掩映齐眉,后面发参差际颈。皂直裰好似乌云遮体,杂色绦如同花蟒缠身。额上界箍儿灿烂,依稀火眼金睛;身间布衲袄斑斓,仿佛铜筋铁骨。戒刀两口,擎来杀气横秋;顶骨百颗,念处悲风满路。啖人罗刹须拱手,护法金刚也皱眉。

教师:这是行者武松。

屏幕出示 宋江在灯下看那武松时，果然是一条好汉。但见：

身躯凛凛，相貌堂堂。一双眼光射寒星，两弯眉浑如刷漆。胸脯横阔，有万夫难敌之威风；语话轩昂，吐千丈凌云之志气。心雄胆大，似撼天狮子下云端；骨健筋强，如摇地貔貅临座上。如同天上降魔主，真是人间太岁神。

教师：这是打虎武松。

从肖像描写就可以看出，那个精神的、勇武的、果敢的武松消失了，取而代之的是一个假和尚，是佛门的护法都为之皱眉的冒牌行者，是一个杀气漫天、是非不分的冒牌出家人。所以后来的蜈蚣岭杀人试刀，孔家庄打狗才有了合理性。

四 结 语

教师：小说创作借助于小道具，不只是故事情节发展的线索，而且借助于小道具来刻画人物性格特征，透视人物心理动态，或是作为小说结构的伏线、引线，或是作为传达人物情感信息的声波，表现人际关系，反映矛盾斗争。《水浒传》充分运用了小道具的作用，可以说发挥得淋漓尽致，贴切自然，有如行云流水，行于所当行，止于所不可不止，达到炉火纯青的境地。世人赞誉《水浒传》为天下奇书，这是十分确切的。

在这本书里，作者把一些小物件前后穿插照应，起到了相当大的作用。与武松相类似的还有阮小七的衣着打扮，大家可以找出来仔细品读，相信会有一些启发。

话语艺术的高峰

草蛇灰线伏脉千里的互文

——林冲、武松之比较

一 导 入

教师：大家来看这样一首诗，我隐去了题目，你们能猜出是对哪一位梁山好汉的描摹吗？

> 屏幕出示 家有娇妻匹夫死，世无好友百身戕。
> 男儿脸刻黄金印，一笑心轻白虎堂。
> 高太尉头耿魂梦，酒葫芦颈系花枪。
> 天寒岁暮归何处，涌血成诗喷土墙。

学生讨论回答。

教师（总结）：这是聂绀弩老先生的《题林冲题壁图寄巴人》，很形象地描绘了林冲的一生，我们不妨简单梳理一下。

学生讨论回答。

教师：这首诗当中流传最广泛的是颔联“男儿脸刻黄金印，一笑心轻白虎堂”。“黄金印”“白虎堂”“一笑”，这几个简单的词组合在一起，却营造出了一股气势。一位蒙受冤屈但豪气逼人的英雄形象跃然纸上。会心的读者，往往一读即为其气势所震住，再也不能忘却。

教师：那么，现在我们简单说说大家对林冲的认识。

学生讨论回答(可能的说法：委曲求全的忍耐、扶贫救弱的侠义、谨小慎微的细致、敏锐果敢的机智)。

教师：因为林冲是第一位被逼上梁山的好汉，所以人们对他寄予了极大的同情。这种同情又很大程度上影响了读者对于人物的评价，那么，我们对于这个人物的一贯认识是真的正确吗？是毫无偏差的吗？我们今天换一种读法，也就是用对比法，把林冲和武松放在一起比较一下，看一看这两个人物有什么异同。

二 细读比较：寻仇

屏幕出示 林冲拿了一把解腕尖刀，迳奔到樊楼前去寻陆虞候，也不见了。却回来他门前，等了一晚，不见回家。林冲自归。……林冲一连等了三日，并不见面。……第四日饭时候，鲁智深迳寻到林冲家相探，……自此，每日与智深上街吃酒，把这件事都放慢了。

林冲大怒，离了李小二家，先去街上买把解腕尖刀，带在身上。前街后巷，一地里去寻。……当晚无事。次日，天明起来，早洗漱罢，带了刀又去沧州城里城外，小街夹巷，团团寻了一日。牢城营里都没动静。……林冲自回天王堂，过了一夜。街上寻了三五日，不见消耗，林冲也自心下慢了。

教师：这两段文字都是林冲去寻找陆虞候报仇的。你能看出什么来？

学生讨论回答。

教师：有仇报仇，男子汉的行为，很果敢，对不对？找不到一个人很正常。单独看这两段文字，看不出什么来，是吧？我们再来看一看下面的文字。

屏幕出示 (武大郎死后，武松归来，见到潘金莲哭，第一句话是)："嫂嫂且住，休哭！我哥哥几时死了？得什么症候？吃谁的药？"

教师：大家思考一下，武松这连珠炮一样地问说明了什么？

学生思考。

教师：冷静、镇定，句句话问在了点子上，为下面去追寻事情真相打好了铺垫。

屏幕出示 "我的哥哥从来不曾有这般病，如何心疼便死了？""如今埋在那里？""哥哥死得几日了？"……武松沉吟了半晌，便出门去，迳投县里来。开了锁，去房里换了一身素净衣服，便叫土兵打了一条麻绦，系在身边，藏了一把尖长柄短背厚刃薄的解腕刀，取了些银两，带在身边。

教师：对比一下林冲和武松。林冲带解腕刀，武松也带解腕刀。出门要杀人，带刀谁都想得到。但武松不仅带刀，还带了钱，他知道办事有用着钱的时候。不仅如此，武松还换了身素净衣服。如此紧张的时刻，连换衣服都不遗忘，可见武松之冷静。林冲是"带"了刀，武松是"藏"了刀。凭林冲、武松的本事，杀人用不上刀。林冲带刀，起到把人吓跑的作用，最后找不到人。武松藏刀，起到恫吓的作用，找到了要找的人。

屏幕出示 "却是谁买棺材？""谁来扛抬出去？""你认得转头何九叔么？"……何九叔见人不做声，倒捏两把汗。却把些话来撩他。武松也不开言，并不把话来提起。酒已数杯，只见武松揭起衣裳，飕地掣出把尖刀来，插在桌子上。……看何九叔面色青黄，不敢抖气。武松将起双袖，握着尖刀，对何九叔道："小子粗疏，还晓得冤各有头，债各有主。……闲言不道，你只直说我哥哥死的尸首是怎地模样？”

教师：什么人对什么事了解多少，从何人处能得到何种消息，武松一清二楚。他无比顺利地通过何九叔找到郓哥，带在身上的银子就派上用场了。

屏幕出示 （郓哥）便说道：“只是一件，我的老爹六十岁，没人养赡。我却难相伴你们吃官司耍。”武松道：“好兄弟！”便去身边取五两银子，道：“郓哥，你把去与老爹做盘缠，跟我来说话。”

教师：摸清原委后，找到西门庆也是很快的事。他没像林冲那样站在门口傻等，也没大街小巷乱窜。

屏幕出示 一直奔西门庆生药铺前来。……那主管也有些认得武松，不敢不出来。……武松道：“你要死，休说西门庆去向。你若要活，实对我说，西门庆在那里？”主管道：“却才和一个相识，去狮子桥下大酒楼上吃酒。”……迳奔到狮子桥下酒楼前，便问酒保道：“西门庆大郎和甚人吃酒？”酒保道：“和一个一般的财主，在楼上边街阁儿里吃酒。”

教师：如此，差距毕现。如果说，在处理具体的细节问题上，林冲比不上惯走江湖的武松是因为社会阅历的缘故，那么，面对生死，是真的能看出一个人的本性的。

三 细读比较：生死

屏幕出示 董超、薛霸道：“俺两个正要睡一睡，这里又无关锁，只怕你走了。……要我们心稳，须得缚一缚。”林冲道：“上下要缚便缚。小人敢道怎地。”薛霸腰里解下索子来，把林冲连手带脚和枷，紧紧的绑在树上。……看着林冲说道：“不是俺要结果你。……便多走的几日，也是死数。……明年今日，是你周年。我等已限定日期，亦要早回话。”林冲见说，泪如雨下。

教师：林冲嗅觉十分不敏感，死到临头，还一点没察觉。鲁智深都料定公差要在野猪林结果林冲性命，林冲却毫不知情。碰到这生死关头，自己先哭了。同样的经历武松也有。武松可没有鲁智深的帮助，而且要杀武松的还是四个人。

屏幕出示 两个公人悄悄地商议……武松听了，自暗暗地寻思，冷笑道：“没你娘鸟兴！那厮倒来扑复老爷！”……就枷上取下那熟鹅来，只顾自吃……两个公人与那两个提朴刀的，挤眉弄眼，打些暗号。武松早睃见……前面来到一处，济济荡荡鱼浦，四面都是野港阔河……武松见了，假意问道：“这里地名唤做什么去处？”……武松站住道：“我要净手则个。”那一个公人走近一步，却被武松叫声：“下去！”一飞脚早踢中，翻筋斗踢下水里去。

教师：武松吃鹅，不仅是吃鹅，还起到让对方麻痹大意的效果。武松特别擅长这种手段。在孙二娘的包子铺里，武松知她不怀好意，就拿些疯话来撩拨她，其实武松全识破，只是藏在心里。鲁智深已比林冲心细不少了，在十字坡依然着了孙二娘的道儿，差点丧命。而武松破解孙二娘的道儿不费吹灰之力。

屏幕出示 武松取一个拍开看了，叫道：“酒家，这馒头是人肉的？是狗肉的？……我从来走江湖上，多听得人说道：‘大树十字坡，客人谁敢那里过？肥的切做馒头馅，瘦的却把去填河。'”……武松又问道：“娘子，你家丈夫却怎地不见？……恁地时，你独自一个须冷落。”……这妇人便道：“客官休要取笑。……要歇，便在我家安歇不妨。”武松听了这话，自家肚里寻思道：“这妇人不怀好意了。你看我且先耍他。”

教师：武松是个可怕的角色。别人都以为他中了计，实际上他在将计就计。而林冲不行，高俅差人卖刀给林冲，骗林冲入白虎堂，一骗一个准儿。要是武松，岂能瞒得过他？

屏幕出示 武松看了道：“这个正是好生酒，只宜热吃最好。”……妇人自忖道：“这个贼配军正是该死！倒要热吃，这药却是发作得快。那厮当是我手里行货！”……（武松）张得那妇人转身入去，却把这酒泼在僻暗处，口中虚把舌头来咂道：“好酒！还是这酒冲得人动！”……（那妇人）便来把武松轻轻提将起来。武松就势抱住那妇人……那妇人杀猪也似叫将起来。那两个汉子急待向前，被武松大喝一声，惊的呆了。

教师：如果孙二娘了解武松的手段，就知道自己在智商方面的差距不是一点半点，但孙二娘完全不知。而最可怕的愚笨就是自以为十分聪明。所以，我们可以得出一个结论：林冲愚蠢，武松聪慧。

可能有很多同学不会同意我这个说法。我们继续往下看。

屏幕出示 众庄客都跳将起来。林冲把枪杆乱打，老庄家先走了，庄客们都动弹不动，被林冲赶打一顿，都走了。林冲道：“都走了！老爷快活吃酒！”土坑上却有两个椰瓢，取一个下来倾那瓮酒来吃了一会，剩了一半，提了枪，出门便走，一步高，一步低，踉踉跄跄，捉脚不住；走不过一里路，被朔风一掉，随着那山涧边倒了，那里挣得起来。大凡醉人一倒便起不得。当时林冲醉倒在雪地上。

教师：林冲杀死陆虞候三人后，没逃多久，到一间屋里歇脚，抢人家的酒喝，结果自己喝高了，醉倒在雪地里。要不是人家捆了他，搞不好就冻死了。被捆之后，要不是刚好被柴进撞见，肯定被押去报官了。

屏幕出示 武松一夜辛苦，身体困倦；棒疮发了又疼，那里熬得过。望见一座树林里，一个小小古庙，武松奔入里面，把朴刀倚了，解下包裹来做了枕头，扑翻身便睡。却待合眼，只见庙外边探入两把挠钩把武松搭住。两个人便抢入来将武松按定，一条绳绑了。那四个男女道："这鸟汉子却肥！好送与大哥去！"武松那里挣扎得脱，被这四个人夺了包裹朴刀，却似牵羊的一般，脚不点地，拖到村里来。

教师：武松杀人逃走之后也差点出问题，但是施耐庵给出了很合理的解释。就是受伤严重。那么，我刚才的分析不算是臆测吧？是不是作者的原意？我觉得是，因为我总觉得施耐庵先生对林冲"不怀好意"。下面我们回头看看林冲的出场。在回溯原文之前，大家回忆一下林冲的外貌。

屏幕出示各版本的影视林冲剧照。

教师：在这些剧照中林冲基本都是一脸苦相，也对，经历了这么多苦难，怎么高兴得起来？

教师：其实在原著中林冲长这样：

屏幕出示 智深听得，收住了手看时，只见墙缺边立着一个官人，头戴一顶青纱抓角儿头巾；脑后两个白玉圈连珠鬓环；身穿一领单绿罗团花战袍；腰系一条双獭尾龟背银带；穿一对磕爪头朝样皂靴；手中执一把折叠纸西川扇子；生的豹头环眼，燕颔虎须，八尺长短身材，三十四五年纪；口里道："这个师父端的非凡，使得好器械！"

教师：注意"豹头环眼，燕颔虎须"这八个字，这是《三国演义》里面描绘张飞的用词。施耐庵让"林冲"手里拿了一把"折叠纸西川扇子"，扇子还是西川的。大家想象一下林冲拿一把折扇的画面。

四 细读比较：发配

教师：武松和林冲都经过发配，很巧，也都到过柴进庄园。

> 屏幕出示 林冲看了，寻思道："敢是柴大官人么？"又不敢问他，只自肚里踌躇。只见那马上年少的官人，纵马前来，问道："这位带枷的是甚人？"林冲慌忙躬身答道："……微贱林冲，闻大人贵名传播海宇，谁人不敬。不想今日因得罪犯流配来此，得识尊颜，宿生万幸。"

教师：林冲的表现很卑微，未见柴进时，庄客都不待见他。

> 屏幕出示 林冲说道："相烦大哥报与大官人知道……"庄客齐道："你没福。若是大官人在家时，有酒食钱财与你。今早出猎去了。"林冲道："不知几时回来？"庄客道："说不定……"林冲道："如此，是我没福……"别了众庄客，……肚里好生愁闷。

教师：林冲之卑微更体现在，既见柴进，庄客依然把他当叫花子打发。

> 屏幕出示 柴进便唤庄客，叫将酒来。不移时，只见数个庄客，托出一盘肉，一盘饼，温一壶酒；又一个盘子，托出一斗白米，米上放着十贯钱，都一发将出来。柴进见了道："村夫不知高下！教头到此，如何恁地轻意……"

教师：见了洪教头，林冲也是卑微得如同尘埃。

> 屏幕出示 林冲寻思道："庄客称他做教师，必是大官人的师父。"急急躬身唱喏道："林冲谨参。"那人全不采着，也不还礼。林冲不敢抬头。

柴进指着林冲对洪教头道："这位便是东京八十万禁军枪棒教头林武师林冲的便是。就请相见。"林冲听了，看着洪教头便拜。那洪教头说道："休拜，起来！"却不躬身答礼。

教师：在柴进庄上，遭遇柴进贵客的经历，武松也有。当时是比洪教头尊贵得多的客人——宋江。

屏幕出示 宋江仰着脸，只顾踏将去，正跐在火掀柄上。把那火掀里炭火，都掀在那汉脸上。……那汉气将起来，把宋江劈胸揪住，大喝道："你是甚么鸟人，敢来消遣我！"宋江也吃一惊，正分说不得。那个提灯笼的庄客慌忙叫道："不得无礼！这位是大官人的亲戚客官。"那汉道："客官，客官！我初来时也是客官，也曾相待的厚。如今却听庄客搬口，便疏慢了我。正是人无千日好，花无摘下红。"

教师：那汉正是武松。相比之下，高下立判。林冲许多遭遇，武松都有。而二人之表现，则大异其趣。林冲、武松二人虽无太多交往，却处处互为反衬。武松和林冲实在是《水浒传》里的一段大互文。

教师：再看他们在囚牢里的表现。

屏幕出示 （差拨）指着林冲骂道："你这个贼配军，见我如何不下拜，却来唱喏？……"林冲只骂的一佛出世，那里敢抬头应答。……林冲等他发作过了，去取五两银子，陪着笑脸告道："差拨哥哥，些小薄礼，休嫌轻微。"……林冲笑道："皆赖差拨照顾。"……差拨道："既有柴大官人的书，烦恼做甚！这一封书，值一锭金子。……要打一百杀威棒时，你便只说你一路患病，未曾痊可。"……林冲告道："小人于路感冒风寒，未曾痊可。告寄打。"

教师：武松是这样。

屏幕出示 差拨道:“……只道你晓事,如何这等不达时务? ……”武松道:“你到来发话,指望老爷送人情与你。半文也没!我精拳头有一双相送!金银有些,留了自买酒吃。看你怎地奈何我!”……管营喝叫除了行枷……须打一百杀威棒……武松道:“……我若是躲闪一棒的,不是好汉。从先打过的都不算,从新再打起。”……“要打便打毒些,不要人情棒儿,打我不快活。”……管营道:“路上途中曾害甚病来?”武松道:“我于路不曾害,酒也吃的,肉也吃的,饭也吃得,路也走得。”

教师:此处对比,更见武松之骨气,林冲之萎靡。而林冲之愚,不仅体现在把陆虞候这样的人当朋友,还体现在坑了真正的朋友鲁智深——虽然他并非有意。

野猪林里,鲁智深救了林冲,要杀两个公人,被林冲劝住了。公人想问鲁智深来头,鲁智深岂能上当。

屏幕出示 两个公人道:“不敢拜问师父在那个寺里住持?”智深笑道:“你两个撮鸟问俺住处做什么? 莫不去教高俅做什么奈何洒家? ……”两个公人那里敢再开口。

教师:但很快,林冲就说漏嘴了。

屏幕出示 林冲道:“这个直得什么!相国寺一株柳树,连根也拔将出来。”二人只把头来摇,方才得知是实。

教师:所以到第十七回,鲁智深对杨志说:

屏幕出示 不想那个防送公人回来,对高俅那厮说道:“正要在野猪林里结果林冲,却被大相国寺鲁智深救了。”“……这日娘贼恨杀洒家,分付寺里长老不许俺挂搭。又差人来捉洒家。”

教师：《史记》首创了一种写法：互见法。为了既不伤害人物形象的统一性，又能忠于史实，在一个人的传记中表现这个人物的主要经历和性格特征，以突出其基本特点，而其他一些不宜在本传写的材料安排到别人的传记中去描述。这就是苏洵所说的“本传晦之，而他传发之”的方法。这种写法对后世的文学创作影响深远，在刻画林冲形象的时候，施耐庵也用了这种方法。

我们读小说，时时刻刻要注意钩沉索隐。

五 细读比较：上山

教师：大家看《水浒传》，说梁山，提到王伦的时候，都说他心地狭窄不容林冲。但是，这是不是真实的呢？恐怕也得用比较法还原一下。

> 屏幕出示 （林冲刚到山下，朱贵就告诉他）：“山寨中留下分例酒食，但有好汉经过，必教小弟相待。既是兄长来此入伙，怎敢有失祗应。”

教师：从这儿，很难看出王伦不容人吧？再看：

> 屏幕出示 朱贵便道：“这位是东京八十万禁军教头，姓林名冲，绰号豹子头……”林冲怀中取书递上。王伦接来拆开看了，便请林冲来坐第四位交椅。朱贵坐了第五位；……王伦动问了一回，蓦地寻思道：“我却是个不及第的秀才，……倘若被他识破我们手段，他须占强，我们如何迎敌。”

教师：让新上山的林冲排位在元老朱贵之前，很大度啊！但是，大家再仔细看看这几句：“王伦动问了一回，蓦地寻思道……”为什么喝了几杯酒，王伦就变卦了？问题出在哪儿？王伦先让林冲坐第四位交椅，改变主意却是在“动问了一回”之后。这种“动问”好比面试，一般有了推荐信可以无须面试。观王伦心意的转变，只能说明林冲面试的表现太糟糕了。

究竟王伦如何动问，林冲如何回答，书上全无记载。我们回头细细索寻林冲上梁山前后的举动。

屏幕出示 问酒保借笔砚来，乘着一时酒兴，向那白粉壁上写下八句道：

仗义是林冲，为人最朴忠。江湖驰誉望，京国显英雄。身世悲浮梗，功名类转蓬。他年若得志，威镇泰山东！

教师：还没上山，就要"威镇泰山东"。反诗为什么是反诗？"敢笑黄巢不丈夫"反在哪里呢？不就是笑笑黄巢吗？凭什么抓我？那是因为笑黄巢不仅是笑黄巢，还暴露了自身的野心。

故而知道，林冲这一席酒、一番话、一首诗，把自己的上山之路堵得死死的。梁山泊不怕你武功高，但不能不怕你有僭越的念头。

而王伦的失败，在于太心慈手软。看到这一层，却硬不下心肠把林冲赶走。同是落第秀才，吴用高明而王伦不够，这就是王伦被火并的缘故。后来上山的吴用也一眼看穿了林冲。

屏幕出示 （吴用头一次见林冲，就对晁盖说）："我看这人，倒有顾眄之心，只是不得已。小生略放片言，教他本寨自相火并。"

屏幕出示 次早天明，只见人报道："林教头相访。"吴用便对晁盖道："这人来相探，中俺计了。"七个人慌忙起来迎接，邀请林冲入到客馆里面。吴用向前称谢道："夜来重蒙恩赐，拜扰不当。"林冲道："小可有失恭敬。虽有奉承之心，奈缘不在其位。望乞恕罪。"

教师：这里又有笔法在。吴用说"小生略放片言"，次日说"中俺计了"，吴用之计如何、所放之言如何书中全无记载。但书中点了一句，"夜来重蒙恩赐"。可见，前一天夜晚，吴用一定私下见过林冲。而林冲面见晁盖时提“奈缘不在其位”一句，则林冲僭越之心，非但王伦心知，晁盖七人亦肚明。

不是说有僭越之心就愚蠢，而是说既有僭越之心，又暴露得一塌糊涂，才叫愚蠢。林冲正因如此，才成了别人手中的棋子。吴用能利用林冲，也正是他比王伦高明的地方。王伦料不到初次见面好酒好肉款待的朋友会使出这种手段，所以他被林冲火并了。

大家知道，林冲上梁山很曲折，还要交投名状。

> **屏幕出示**（第一天，白白等过，没见到人。第二天，碰到三百人。）
>
> 林冲又不敢动手，让他过去。

教师：书上说得明明白白，是不敢动手。须知，尾随其伍，杀一个人离开，以林冲的脚力，岂怕人家追上？但林冲的脚力和眼力似乎都很不堪，第三天的事情印证了这点。

> **屏幕出示** 时遇残雪初晴，日色明朗。林冲提着朴刀，对小喽罗道：“眼见得又不济事了……”小校用手指道：“好了，兀的不是一个人来！”林冲看时，叫声“惭愧”，只见那个人远远在山坡下大步行来。

教师：日色明朗，林冲要杀人，却看不见，反倒被小校指出来才发现。既已发现，却又没逮着。

> **屏幕出示** 林冲将身蹲在林子树科里，一眼觑定。只待那人来得较近，却把朴刀杆剪了一下，蓦地跳将出来。那汉子见了林冲，叫声“阿也”，撇了担子，转身便走。林冲赶将去，那里赶得上。那汉子闪过山坡去了。林冲道：“你看我命苦么！等了三日，方能等得一个人来，又吃他走了。”

教师：事到如今，林冲依然不觉得是自己能力不行，倒归结为“命苦”。

六 结 语

教师：整部《水浒传》里，林冲最令我悲哀的，最能看出施耐庵态度的，不是娘子被高衙内调戏，不是刺配道上被董超、薛霸捉弄，恰是柴进有心抬举他。

屏幕出示 柴进叫道："且住。"叫庄客取出一锭银来，重二十五两。无一时，至面前。柴进乃言："二位教头比试，非比其他。这锭银子权为利物。若还赢的，便将此银子去。"柴进心中只要林冲把出本事来，故意将银子丢在地下。

教师：林冲先前不敢使出本事，至此终于不再顾忌，上前打坏了洪教头之腿。呜呼，堂堂八尺之躯为银钱驱驰如此，可知当时可悲可叹耶！

行文如布兵

——从梁中书的出场说起

一 导 入

教师：最近很多人问我，为什么要读经典？《水浒传》有什么好看的？我回答说，如果这样问，那说明你根本不知道怎样读出一本书的好来。不光是现代人，古人也是，只能看个热闹的人多的是。

屏幕出示 吾最恨人家子弟，凡遇读书，都不理会文字，只记得若干事迹，便算读过一部书了。虽《国策》《史记》都作事迹搬过去，何况《水浒传》。

——金圣叹

不然，则所问非所学焉：询天下之异文鄙事以快言论；甚且心之所已明者，问之人以试其能，事之至难解者，问之人以穷其短。

——刘开《问说》

教师：我们今天就试着用金圣叹的办法研究一下文字，看看能否挖掘出一些对大家写作有帮助的东西。

屏幕出示 行文如布兵。

教师：什么叫做布兵呢？就是说，所有的文字调动都合乎兵法，即谋篇布局、组织文句上，仿佛名将用兵一般。这是“水浒”的紧要处，也是中国文学的一个大道行。我印象里欧美文学似乎很少有从这个角度切入的。行兵实在是门有意思的学问，可小可大，可静可动，聚能成云，散能成星。可以用在战时情况，也可以用在太平年景。凡所待人接物，举动行止，探求新知，推进事功……一句话，只要能牵涉到“组织性”的，皆可以行兵之道观之。

教师：我第一次接触和了解兵法可以运用到日常生活中是在《史记》时。我先举一个例子，对《史记》略知一二的同学都听说过这么一件事。项梁起事反秦之前，曾流落乡间，为人张罗丧葬徭役等事项，就“阴以兵法部勒宾客及子弟”，用兵法来组织调度众宾客及工作人员。我们下面来看一段大家可能一定不会注意到的文字，看看施耐庵的文字功力，看一看什么叫做行文如布兵。

二 梁中书出场：场面描写的典范

教师：杨志配军大名府，于梁中书麾下和索超诸人较量武艺一回。梁中书看他人才可喜，有心提拔他，便在校场演武，以振其声。这里有个进场画面，作者是这么写的：

屏幕出示 梁中书早饭已罢，带领杨志上马，前遮后拥，往东郭门来。到得校场中，大小军卒并许多官员接见。就演武厅前下马，到厅上，正面撒着一把浑银交椅坐上。左右两边，齐臻臻地排着两行官员，指挥使、团练使、正制使、牙将、校尉、正牌军、副牌军，前后周围，恶狠狠地列着百员将校。正将台上，立着两个都监，一个唤做“李天王”李成，一个唤做"闻大刀"闻达。二人皆有万夫不当之勇，统领着许多军马，一齐都来朝着梁中书呼三声"喏"。却早将台上竖起一面黄旗来。将台两边，左右列着三五十对金鼓手，一齐发起擂来。品了三通画角，发了三通擂鼓，教场里面谁敢高声。又见将台上竖起一面净平旗来，前后五军一齐整肃。将台上把一面引军红旗麾动，只见鼓声响处，五百军列成两阵，军士各执器械在手。将台上又把白旗招动，两阵马军齐齐地都立在面前，各把马勒住。

教师：能从这段文字里看出军队行进的风采吗？但凡状景之事，最忌呆板，也最易呆板。大家只看这一段文字，可能看不出什么好处，我们换个视角，做一个对比。

屏幕出示 公寓侧面靠街，前面靠小花园，屋子跟圣·日内维新组成直角。屋子正面和小园之间有条中间微凹的小石子路，大约宽两公尺；前面有一条平行的砂子铺的小路，两旁有风吕草、夹竹桃和石榴树，种在蓝白二色的大陶盆内。小路靠街的一头有扇小门，上面钉一块招牌，写着：伏盖宿舍；下面还有一行：本店兼包客饭，男女宾客，一律欢迎。临街的栅门上装着一个声音刺耳的门铃。白天你在栅门上张望，可以看到小路那一头的墙上，画着一个模仿青色大理石的神龛，大概是本区画家的手笔。神龛内画着一个爱神像：浑身斑驳的釉彩，一般喜欢象征的鉴赏家可能认作爱情病的标记，那是在邻近的街坊上就可医治的。神像座子上模糊的铭文，令人想起雕像的年代，服尔德在一七七七年上回到巴黎大受欢迎的年代。那两句铭文是：不论你是谁，她总是你的师傅。

现在是，曾经是，或者将来是。

天快黑的时候，栅门换上板门。小园的宽度正好等于屋子正面的长度。园子两旁，一边是临街的墙，一边是和邻居分界的墙；大片的常春藤把那座界墙统统遮盖了，在巴黎城中格外显得清幽，引人注目。各处墙上都钉着果树和葡萄藤，瘦小而灰土密布的果实成为伏盖太太年年发愁的对象，也是和房客谈天的资料。沿着侧面的两堵墙各有一条狭小的走道，走道尽处是一片菩提树荫。伏盖太太虽是龚弗冷出身，菩提树三字老是念别音的，房客们用文法来纠正她也没用。两条走道之间，一大块方地上种着朝鲜蓟，左右是修成圆锥形的果树，四周又围着些菌筐、旱芹、酸菜。菩提树荫下有一张绿漆圆桌，周围放几个凳子。逢着大暑天，一般有钱喝咖啡的主顾，在热得可以孵化鸡子的天气到这儿来品尝咖啡。

四层楼外加阁楼的屋子用的材料是粗沙石，粉的那种黄颜色差不多使巴黎所有的屋子不堪入目。每层楼上开着五扇窗子，全是小块的玻璃；细木条子的遮阳撑起来高高低低，参差不一。屋子侧面有两扇窗，楼下的两扇装有铁栅和铁丝网。正屋之后是一个二十尺宽的院子：猪啊，鸭啊，兔子啊，和和气气地混在一块儿；院子底上有所堆木柴的棚子。棚子和厨房的后窗之间挂一口凉橱，下面淌着洗碗池流出来的脏水。靠圣·日内维新街有扇小门，厨娘为了避免瘟疫不得不冲洗院子的时候，就把垃圾打这扇门里扫到街上。

房屋的分配本是预备开公寓的。底层第一间有两扇临街的窗子取光，通往园子的是一扇落地长窗。客厅侧面通到饭厅，饭厅和厨房中间是楼梯道，楼梯的踏级是用木板和彩色地砖拼成的。一眼望去，客室的景象再凄凉没有：几张沙发和椅子，上面包的马鬃布满是一条条忽而暗淡忽而发光的纹缕。正中放一张黑地白纹的云石面圆桌，桌上摆一套白瓷小酒杯，金线已经剥落一大半，这种酒杯现在还到处看得到。房内地板很坏，四周的护壁板只有半人高，其余的地位糊着上油的花纸，画着《丹兰玛葛》主要的几幕，一些有名的人物都着了彩色。两扇有铁丝网的窗子之间的壁上，画着加里波梭款待于里斯的儿子的盛宴。四十年来这幅画老是给年轻的房客当作说笑的引子，把他们为了穷而不得不将就的饭食取笑一番，表示自己的身份比处境高出许多。石砌的壁炉架上有两瓶藏在玻璃罩下的旧纸花，中间放一座恶俗的半蓝不蓝的云石摆钟。壁炉内部很干净，可见除了重大事故，难得生火。

教师：这是文学巨匠巴尔扎克在其不朽名作《高老头》一开篇对高老头的居住地伏盖公寓的描写。典型的巴尔扎克式写法，写人物生活环境向来都是开头一气交代，读之令人昏然。我不厌其烦地引用了这么多，就是为了证明刚才我说的：场面描写和环境描写最怕的就是呆板。这大段的文字显然很呆板。巴尔扎克这样的不朽人物尚且如此，一般的作者就可以想像了。

教师：那么我们回过头来看一看梁中书的出场好在哪里？

教师：第一感觉，是一切的场面都在动作之中。梁中书先是“早饭已罢”，随即“带人上马”，于路途中“前遮后拥”，出发前即锁定“东郭门”，随后下马、坐定，无不如此。读者但觉目不暇接，跟着情节一路走下去，哪有工夫犯困？好莱坞动作片里也经常使用这种手段，特工执行任务之前，一定要摆弄各种枪械、拆枪、拭枪、组装、上膛、收拾衣服、带齐通讯装备……这些动作一气呵成，即便对情节推进没什么意义。为什么呢？一切都在动，大家喜欢看这个。

教师：梁中书出场先是以动写动，而且把静的也写出动感。这就是随后校场场面的安排，各级将官、兵士壮勇，谁在左，谁在右，谁在前，谁在后，偌大场面没点几个名字，但是千军万马的盛景却如在眼前。可以想见，这些场面的元素宏观上都是不怎么动的，为什么读者看来却感觉不止动了，还极有次序感呢？这其实就是作者引领的“视野”在动，视野移动得非常有章法，先看见谁，后看见谁，作者心中自有丘壑，然后你才能齐整整、密麻麻地看到一派恶狠狠的众兵士。

这就是手段。

教师：但是只有动作吗？不是。你再仔细一看，便能看到秩序。或者用中国兵法的术语讲，就是“奇正”。

梁中书的出场，是首领一人，后头前呼后拥。将官的出现却要分“左右”两边，并且为首两个有名字的，“李天王”“闻大刀”，也是成双。

中国的社会从文化到建筑布局，都非常讲究对称的应用。用对称强化核心要素，用对称来分主次，用主次来定秩序、分座位。

梁中书肯定是要单着来，家有千口，主事一人。下面的将领必要分着来，非此不能衬托主将的地位。你再往军中细看，指挥使、团练使、正制使、牙将、校尉、正牌军、副牌军，谁前谁后，谁高谁低，一目了然。这是组织的章法，也是文章描写的章法。

教师：这就是调度文字、人物、事项，主次分明，一目了然。外行的人看着煞是热闹，内行一看秩序井然，确是大家风范。所谓大手笔，就是不疾不徐，不切不滞。

不只是这一段，具体到《水浒传》里，有很多这样的细细看来令人拍案叫绝的文字。

三 梁中书出场：文辞之美

教师：梁中书出场这一段文字，里面还有更深入的一点，便要涉及中国传统文学之美，更严格来说，就是散文之美了。

这就是长短句的交错使用。

你看这一段描写，或者《水浒传》一部书里任意一段描写，无不是长短句错落有致，俨然史迁手法。

最近在文坛上有短句风，以为这便是汉语精要，实际上这才算是皮毛。《水浒传》里的长句：“唤打伞的撑开那把银葫芦顶茶褐罗三檐凉伞来盖定在梁中书背后”“小弟打听得北京大名府梁中书收买十万贯金珠宝贝玩器等物送上东京与他丈人蔡太师庆生辰”。读来如黄河之水天上来，滔滔之势，一发不可遏止。倘若改成短句，哪还有气势？

长和短，须得辩证着看，或者说奇正着理解，才能一窥中国散文之斑斓。我们下面做具体分析。

教师：只看第一句话，是由长及短，然后由短变长。我这样说大家可能理解不深，如果你出声读出来，一定可以感觉到抑扬顿挫。就像是选自孟子《生于忧患，死于安乐》中的几句名言："故天将降大任于斯人也，必先苦其心志，劳其筋骨，饿其体肤，空乏其身，行拂乱其所为，所以动心忍性，曾益其所不能。"就是从长句到短句，从四字句到六字句。其中对偶不断，读起来朗朗上口。读一读梁中书开场第一句，相信你们能体会到。施耐庵厉害就厉害在他不同于一般人调动文字，你看他明明可以对偶，却偏偏打破节奏。"左右两边，齐臻臻地排着两行官员，指挥使、团练使、正制使、牙将、校尉、正牌军、副牌军，前后周围，恶狠狠地列着百员将校。"那一长串相声里面报菜名一样的官员名称完全可以挪到后边去，不影响表达，但是他就是不，他要打破节奏。这就是中国传统文学理论里面对于句子的要求，就是"骈散结合"。

教师：现在文坛上有些读个皮毛就拍案击节的，只能说见识太浅，趣味太俗。须知散文句法就厉害在可偶可散，可韵可不韵，声韵协和又灵活多变。

四 总 结

屏幕出示 金圣叹评：当是时，两人殊未尝动一步，出一色，而读者心头眼底已自异样惊魂动魄，闪心摇胆。却又放下两人，复写梁中书走出月台，特特增出一把银葫芦顶茶褐罗三檐凉伞，重放炮，重发擂，重是金鼓起，重是红旗、黄旗、白旗、青旗招动，然后托出两员好汉来。读者至此，其心头眼底，胡得不又为之惊魂动魄，闪心摇胆？

教师：所谓"善战者无赫赫之功"，善于写作的人也是如此。鲁迅先生有句名言："已有定评的大作家，他的文章本身就在告诉你该怎么写。"我们读书，不能只是关注故事，更应该字斟句酌，爬梳剔抉作者的文字之佳妙、结构之精巧。

读懂人物的三个层次

——以武松为例

一 导　入

课前教师投示图片：西湖边上的武松墓。

教师：对于武松葬在西湖边上这个事实，大家怎么看？有没有合理性？

学生讨论回答。

教师（总结）：是的，有合理性。武松在征方腊断臂之后隐居在杭州六和寺，死后葬在西湖，肯定没问题。但是此武松不是彼武松，这墓里葬的是北宋一个同名同姓的另外一个武松。

二 崇　拜

教师：这个问题我们暂且搁置，大家先来说一说对于武松的印象吧。

学生讨论总结回答。

概括学生回答如下：

“勇武。赤手空拳打死老虎！”

“知恩图报。为了报答施恩父子，醉打蒋门神，义夺快活林。”

"眼里不揉沙子。柴进的庄客对他不好他就打。"

"直爽。宋江厚待他，他就拜宋江为兄长。"

……

教师：武松是《水浒传》前半部书中最为光辉照人的形象，所以评论家金圣叹对他赞许有加。

屏幕出示 武松，天人也。武松天人者，固具有鲁达之阔，林冲之毒，杨志之正，柴进之良，阮七之快，李逵之真，吴用之捷，花荣之雅，卢俊义之大，石秀之警也。断曰第一人，不亦宜乎？

教师：我有一个很有想法的朋友，他这样讲，读水浒好汉，要经历三个阶段。第一阶段就是大家刚才表现的状态——崇拜（板书）。

教师：大家猜一猜，我这位朋友所说的第二阶段是什么？

学生讨论。

三 鄙 视

教师：鄙视（板书）。大家能猜想一下他的理由是什么吗？

学生讨论。

教师：我们仍然以武松为例。这个人物身上有没有让你无法理解和接受的行为？

学生简单讨论后发言。

请学生看"血溅鸳鸯楼"一段。

屏幕出示 ……手起一刀，把这后槽杀了。一脚踢开尸首，把刀插入鞘里。此时却有些月光明亮。……先把一个女使鬓角儿揪住，一刀杀了。……武松手起一刀，也杀了……趁着那窗外月光一步步挨入堂里来。

……武松听了，心头那把无名业火高三千丈，冲破了青天。右手持刀，左手揸开五指，抢入楼中。只见三五枝灯烛荧煌，一两处月光射入，楼上甚是明朗；面前酒器皆不曾收。……蒋门神急要挣扎时，武松早落一刀，劈脸剁着，和那交椅都砍翻了。……那张都监方才伸得脚动，被武松当时一刀，齐耳根连脖子砍着，扑地倒在楼板上。两个都在挣命。

这张团练……武松赶入去，一刀先割下头来。

蒋门神有力，挣得起来，武松左脚早起，翻筋斗踢一脚，按住也割了头；转身来，把张都监也割了头。见桌子上有酒有肉，武松拿起酒锺子一饮而尽；连吃了三四锺，便去死尸身上割下一片衣襟来，蘸着血，去白粉壁上大写下八字道："杀人者，打虎武松也！"……武松随在背后，手起刀落，早剁翻了一个。那一个便跪下讨饶，武松道："却饶你不得！"揪住也是一刀。……武松道："一不做，二不休！杀了一百个，也只一死！"提了刀，下楼来。……武松的刀早飞起，劈面门剁着，倒在房前声唤。武松按住，将去割头，刀切不入。武松心疑，就月光下看那刀时，已自都砍缺了。武松道："可知割不下头来！"便抽身去厨房下拿取朴刀，……武松握着朴刀向玉兰心窝里搠着。两个小的亦被武松搠死。一朴刀一个结果了，走出中堂，把闩拴了前门，又入来，寻着两三个妇女，也都搠死了在地下。

指名学生对这一段话进行分析。

教师：这一段你查一查他杀了多少人？十几个。他杀人杀得太冷静！我们来看一看："只见三五枝灯烛荧煌，一两处月光射入，楼上甚是明朗；面前酒器皆不曾收。"大家注意这一句，得是多么强的心理素质才能如此冷静地看到"酒器皆不曾收"？单独看看月光下这一句是不是很闲逸？和"武松心疑，就月光下看那刀时，已自都砍缺了"这一句比较一下。武松道："可知割不下头来！"施耐庵此处特地点出一笔"月光下看那刀时"，一句话而血腥味全出，此情此景，异常反常，又异常可信。自此，杀人的血腥味及武松那杀人时兴奋且不失冷静的心理，全部呈现出来。武松武二郎不再是规则的信奉者，心里对杀死无辜之人再无一丝顾虑，而成为江湖上杀人如麻的好汉了。不知你们是什么感受，我是飕飕地冒凉气。腰刀钝了，再换朴刀；换了朴刀，再来寻人。走出中堂，栓上门，再来寻人，就是为了灭门啊！

这一段杀人的文字的闲笔很多，比如写了灯光，写了他杀人前的准备，如何放了朴刀，如何把衣服、银子包裹起来藏好，如何在杀人之后饮了几杯酒。大家课后有兴趣可以自己分析一下。

教师：在此之前的武松有品格，有原则，光辉照人，这之后的武松呢？

屏幕出示 离那酒店走不得四五里路，旁边土墙里走出一只黄狗，看着武松叫。武行者看时，一只大黄狗赶着吠。武行者大醉，正要寻事，（“四字骂世，言世间无事可寻，一寻便寻了狗的事也。”）恨那狗赶着他只管吠，便将左手鞘里掣一口戒刀来，大踏步赶。那黄狗绕着溪岸叫。（“写出寒溪，写出村犬，写出醉壮举陀真是笔头有画。”）武行者一刀砍将去，却砍个空，使得力猛，头重脚轻，翻筋斗倒撞下溪里去，却起不来。（“其力可以打倒大虫，而不能不失手于黄狗，为用世者读之寒心。”）黄狗便立定了叫。（“活画黄狗，活画小人。黄狗得意。俗本落此句。”）（括号内为金圣叹批注）

教师：打虎英雄反被黄狗所笑。大家能体会到作者的褒贬吗？施耐庵为什么要让武松出这样的丑？有没有可能寓意滥杀无辜之后英雄的光环消减了？

四 理 解

教师：下面我们讨论第三个阶段。我猜你们肯定猜不到我要写的词语。理解（板书）。

学生讨论。

教师：很多人会不理解，这样的冷血杀手我们怎么理解他呢？为了方便解释，我引用黑格尔的一句话："一个人不能脱离自己的时代，犹如一个人不能脱离自己的皮肤。"大家听得懂这句话吗？不明白不要紧，我们换一个角度，都说逼上梁山，那么谁逼武松上山落草为寇的？

学生讨论。指名发言。

教师：在《水浒传》里详细描写了武松三次杀人。第一次杀人，是为兄报仇。证据齐全，证人齐备，理直气壮，堂堂正正。

第二次杀人，是报复陷害他的人。危境抗争出手自卫，虽有滥杀的嫌疑，但还是让人理解和同情的。

武松的性格大变，就发生在血溅鸳鸯楼之后。

如果官府愿意秉公执法，武松不会去杀西门庆和潘金莲——武大郎案件甚至都没有被立案。武松蒙了冤屈，被诬陷偷了金银珠宝也选择了忍受——他没有反抗，再一次被发配。如果不是张都监和蒋门神派人追杀，恐怕也不会有下文的大闹飞云浦、血溅鸳鸯楼。

正是在这第二次杀人之后，武松的正义感和对律法的敬畏感彻底消失了。我们看他第三次杀人。

屏幕出示 武行者看了，怒从心上起，恶向胆边生，便想道："这是山间林下出家人，却做这等勾当！"便去腰里掣出那两口烂银也似戒刀来，在月光下看了道："刀却是好，到我手里，不曾发市，且把这个鸟先生试刀。"……武行者拿起块石头，便去打门。……武行者睁圆怪眼，大喝一声："先把这鸟童祭刀！"说犹未了，手起处，铮地一声响，道童的头落在一边，倒在地下。……武松大笑道："我的本事，不要箱儿里去取，正是挠着我的痒处。"便去鞘里，再拔了那口戒刀，抡起双戒刀来，迎那先生。……两个斗了十数合，只听得山岭旁边一声响亮，两个里倒了一个。但见寒光影里人头落，杀气丛中血雨喷。

教师：大家记不记得他为什么杀人？他知不知道自己杀的是什么人？

屏幕出示 武行者大叫："庵里婆娘出来，我不杀你，只问你个缘故。"只见庵里走出那个妇人来，倒地便拜。武行者道："你休拜我。你且说，这里是甚么去处？那先生却是你的甚么人？"

教师：他全然不管该杀不该杀，只为试刀。至于因由，杀了再问。在这之前，武松是这样的吗？

屏幕出示 （张青要杀两个解差救武松）武松道："最是兄长好心，顾盼小弟。只是一件：武松平生只要打天下硬汉，这两个公人，于我分上，只是小心，一路上服侍我来。我若害了他，天理也不容我。你若敬爱我时，便与我救起他两个来，不可害他。"

教师：就这样，在黑心的官府一步一步地威逼陷害之下，那个有些鲁莽的、有些天真的、豪侠仗义的武松消失了，那个奉公守法、勤于公事的武都头死了，取而代之的是行者武松。

武松故事是一个高起下落的过程，是一个神威凛凛的打虎英雄一步一步变成天伤星的过程。一出场，武松打的是猛虎。而后，杀的是西门庆、潘金莲，为的是兄长的大仇。再后来，打的是蒋门神，为的是打抱不平和回报施恩的恩惠。被陷害过后，大闹飞云浦、血溅鸳鸯楼，杀的是自己的仇人。拿了念珠、戒刀，变成天伤星，杀飞天蜈蚣王道人，起因竟然是为了"试刀"。打孔亮，是为了酒肉。到了武松故事的尽头，是"一只大黄狗赶着吠"，追打一只黄狗，滑落溪水。从打虎到连狗都打不着，这是一个细想之下，颇为凄冷、伤感的过程。云端之上一路下落的武松，本是最具英雄主义、传奇色彩的人物，最终却是如此狼狈。

教师（总结）：蜈蚣岭就是一座分水岭。天伤星武松之伤，不只是指后来的断臂，更是他兄死的伤，杀嫂的伤，被张都监欺骗的伤。

五 招安和反招安

教师：水浒好汉里谁第一个明确反对招安的？武松。

屏幕出示 乐和唱这个词，正唱到望天王降诏早招安，只见武松叫道："今日也要招安，明日也要招安，去冷了弟兄们的心！"

教师：论情分，宋江是武松的结拜兄弟，现在强烈反对招安的，第一个就是他。怎么理解？

学生讨论。指名发言。

教师：无论是谁，经历了武松身上发生的一切，恐怕也难对这个朝廷抱有一丝希望了吧？

但是，怎么理解下边这一段情节中武松对宋江所说的等待招安呢？

屏幕出示 当日筵宴散了，宋江问武松道："二哥今欲往何处安身？"武松道："昨夜已对哥哥说了，菜园子张青写书与我，著兄弟投二龙山宝珠寺花和尚鲁智深那里入伙，他也随后便上山来。"宋江道："也好。我不瞒你说，我家近日有书来，说道清风寨知寨小李广花荣，他知道我杀了阎婆惜，每每寄书来与我，千万教我去寨里住几时。此间又离清风寨不远，我这两日这待要起身去，因见天气阴晴不定，未曾起程。早晚要去那里走一遭，不若和你同往，如何？"武松道："哥哥怕不是好情分，带携兄弟投那里去住几时；只是武松做下的罪犯至重，遇赦不宥，因此发心，只是投二龙山落草避难。亦且我又做了头陀，难以和哥哥同往，路上被人设疑，倘或有些决撒了，须连累了哥哥。——便是哥哥与兄弟同死同生，也须累及了花知寨不好。只是由兄弟投二龙山去了罢。天可怜见，异日不死，受了招安，那时却来寻访哥哥未迟。"宋江道："兄弟既有此心归顺朝廷，皇天必佑。若如此行，不敢苦劝，你只相陪我住几日了去。"

学生讨论。

教师：注意画线部分所表达的语境。宋江邀请武松同去清风寨，武松推辞，武松的话里表达了几层意思：自身犯下大罪，无法获得赦免；自己做了(伪)出家人，与宋江同行不便；路上如果被发现，会连累宋江；就算宋江不在意，也会连累花荣。由此可见，武松深知以自己的身份，是无法与身为"北宋将领"的花荣在台面上正常打交道的；宋江此行投奔花荣，在身份上亦是如此。自己是地下人士，能在台面上活动的时候，只能是受了招安洗清案底——所以这是一句安慰宋江的场面话，并不是武松的真实意愿。

从哪儿看出真的是场面话，不是我们随意猜测？看看这几句："当日筵宴散了，宋江问武松道：'二哥今欲往何处安身？'武松道：'昨夜已对哥哥说了……'"你相信不相信宋江忘记武松昨夜说过这话了，今天再问一遍？

屏幕出示 宋江听了备细，便道："兄弟我和你今日分手，就这里吃三杯相别。"武行者道："我送哥哥一程方却回来。"宋江道："不须如此；自古道：'送君千里，终有一别。'兄弟，你只顾自己前程万里，早早的到了彼处。入伙之后，少戒酒性。如得朝廷招安，你便可撺掇鲁智深投降了，日后但是去边上一枪一刀博得个封妻荫子，久后青史上留得一个好名，也不枉了为人一世。我自百无一能，虽有忠心，不能得进步。兄弟，你如此英雄，决定做得大事业，可以记心。听愚兄之言，图个日后相见。"武行者听了，酒店上饮了数杯，还了酒钱。二人出得店来，行到市镇梢头，三岔路口，武行者下了四拜。宋江洒泪，不忍分别；又分付武松道："兄弟，休忘了我的言语，少戒酒性。保重！保重！"武行者自投西去了。

教师：这里，宋江极力鼓励武松接受招安，武松的反应呢？从头到尾武松都没有对招安表现出肯定，都是"武行者听了""武行者自投西去了"。就好像敬重的长辈教导你"好好学习，考个好高中，上个好大学，找个好工作"，就算心里不认同，表面也不好直接反驳，只好一言不发拼命点头……

武松的反应也是一样。

综上，武松第一次主动提招安，是婉拒宋江上清风寨的邀请，但话不能说绝，普通朋友分别尚且要来一句“下次再聚”，武松的“天可怜见，异日不死，受了招安”也是这样。所以后文分别的时候，宋江那样循循善诱，武行者却始终一言不发，便足以说明态度了——武松不愿招安，又不想驳了兄长。

屏幕出示 当下宋江看视武松，虽然不死，已成废人。武松对宋江说道：“小弟今已残疾，不愿赴京朝觐。尽将身边金银赏赐，都纳此六和寺中，陪堂公用，已作清闲道人，十分好了。哥哥造册，休写小弟进京。”宋江见说：“任从你心！”武松自此，只在六和寺中出家，后至八十善终，这是后话。

教师：落草之后的武松终究是看透了这个黑暗的时代，他明确地反对招安，就连一百单八将奉旨朝见天子时，武松亦是一身禅衣，而非似其他将领们锦袍金带，与结义兄长宋江渐行渐远。

所以，当他提出要在鲁智深圆寂的六和寺出家时，曾执意挽留过鲁智深的宋江，竟只有淡淡四字回答：“任从你心！”

六 结 语

教师：一个人不能脱离他的时代，但这是一个不让好人活的时代。武松墓在杭州，我们就把那墓地当成水浒武松的埋骨之地好了。去凭吊的时候，看看墓前牌坊上的“嵚奇瑰伟”四字，遥想千年前义士的英风飒爽，不亦快哉！

文似看山不喜平

——从武松打虎看《水浒传》的故事情节设置

一 导 入

教师：我们中国人夸奖一个人武艺高强，常说“拳打南山猛虎，脚踢北海蛟龙”，蛟龙我们没见过，但是老虎古人是常见的。大家说一说你知道的打虎故事，能记得哪些呢？

学生讨论回答。

教师：中国历史上虎患严重，民思英雄。正史记载、民间传说中，从先秦的孔门高弟子路，到秦汉之际的楚霸王项羽、西汉的飞将军李广、五代时的无敌猛将李存孝、元朝“平生杀虎数十”的猛将张兴祖，再到民国的打虎将军赵登禹，打虎好汉历朝屡见，这其中，民间知名度最高的，莫过于作为文学虚构的武松武二郎。“武松打虎”可以说是《水浒传》中最脍炙人口的故事。单论民间知名度，“水浒”第一人恐怕不是宋江，而是武松，多半便拜了打虎故事之赐。武松打虎的故事为什么会脍炙人口？我们先看两段文字，再来讨论。

屏幕出示（《西游记》第十四回，孙悟空刚被唐僧从五行山下救出来。）不多时，过了两界山，忽然见一只猛虎，咆哮剪尾而来，三藏在马上惊心。行者在路旁欢喜道："师父莫怕他，他是送衣服与我的。"放下行李，耳朵里拔出一个针儿，迎着风，幌一幌，原来是个碗来粗细一条铁棒。他拿在手中，笑道："这宝贝，五百余年不曾用着他，今日拿出来挣件衣服儿穿穿。"你看他拽开步，迎着猛虎，道声："孽畜，那里去！"那只虎蹲着身，伏在尘埃，动也不敢动动。却被他照头一棒，就打的脑浆迸万点桃红，牙齿喷几珠玉块，唬得那唐玄奘滚鞍落马，咬指道声："天哪，天哪！刘太保前日打的斑斓虎，还与他斗了半日。今日孙悟空不用争持，把这虎一棒打得稀烂，正是强中更有强中手！"

教师：这一段文字精彩吗？太简单了，对吧？因为孙悟空是神仙，所以没有丝毫难度，也很难调动我们的阅读兴趣。那么我们看一段历史上真实发生的，也极为有名的，甚至成为传统武术中的一个招式的打虎片段——号称历史上第一猛将的李存孝打虎。作者也是文章大家——罗贯中。

屏幕出示（罗贯中《残唐五代史演义》第十回）原来风吹树响，涧水潺潺，其人熟睡，两耳无闻，正在感梦，忽有一羊窜过惊醒，其人跳将起来，把眼一揉，见虎正在食羊，其人遂跳下漫汉石，脱了羊皮袄，伸手舒拳，要来打虎。那虎见人欲来打它，便弃了羊，对面扑来，其人躲过，只扑一个空，便倒在地，似一锦袋之状，其人赶上，用手挝住虎项，左胁下便打，右胁下便踢，哪消数拳，其虎已死于地下。

教师：这一段文字写得精彩吗？说说你们的意见。（学生讨论回答。）也很难说得上精彩，那是因为什么呢？对，太简单，太直白，没有曲折的情节。

教师：说起小说的情节，同学们可能会饶有兴趣。因为对于一般人来说，看小说主要就是看小说的情节。看完一篇情节惊险曲折的小说，有人往往不满足于独自欣赏，还要眉飞色舞地讲给其他人听。可是，看小说，不仅仅要看情节，还要看其他；即使是看情节，也不单单是追求惊险曲折就行了，还有其他许多门道要去领悟。

屏幕出示 吾尝论世人才不才之相去，真非十里、二十里之可计。即如写虎要写活虎，写活虎要写正搏人时，此即聚千人，运千心，伸千手，执千笔，而无一字是虎，则亦终无一字是虎也。独今耐庵乃以一人，一心，一手，一笔，而盈尺之幅，费墨无多，不惟写一虎，兼又写一人，不惟双写一虎一人，且又夹写许多风沙树石，而人是神人，虎是怒虎，风沙树石是真正虎林。此虽令我读之，尚犹目眩心乱，安望令我作之耶！（金圣叹）

二 铺垫

教师：金圣叹评价说："人是神人。"那么怎么看出来武松是神人的？如果说打死了老虎就是神人，那么孙悟空和李存孝比他利索多了。后来的李逵杀死了四只老虎，解珍、解宝两兄弟杀虎技术含量还更高呢。武松胜出在何处？

教师：我们从一个关键道具开始说起。是什么？

学生讨论回答。

屏幕出示 哨棒。

教师：哨棒这一道具在这一段文字中为什么关键？大家思考一下。

学生讨论回答。

教师：有同学统计过吗？在这一段故事中，哨棒这一关键道具出现了多少次？金圣叹统计过，从武松离开柴进的庄园到开始打虎，一共出现了十六次。

屏幕出示 武松缚了包裹，拴了哨棒要行。（“哨棒此处起”）

背了包裹，提了哨棒。（“哨棒二”）

三个来到酒店里，宋江上首坐了；武松倚了哨棒。（“哨棒三”）

宋江取些碎银子还了酒钱，武松拿了哨棒。（“哨棒四”）

只说武松自与宋江分别之后，当晚投客店歇了；次日早，起来打火吃了饭，还了房钱，拴束包裹，提了哨棒。（“哨棒五”）

武松入到里面坐下，把哨棒倚了。（“哨棒六”）

前后共吃了十八碗，绰了哨棒，立起身来，（“哨棒七”）道：“我却又不曾醉！”走出门前来，笑道：“却不说‘三碗不过冈’！”手提哨棒便走。（“哨棒八”）

这武松提了哨棒。（“哨棒九”）

横拖着哨棒。（“哨棒十”）

武松正走，看看酒涌上来，便把毡笠儿掀在脊梁上，将哨棒绾在肋下。（“哨棒十一”）

武松走了一直，酒力发作，焦热起来，一只手提哨棒。（“哨棒十二”）

见一块光挞挞大青石，把那哨棒倚在一边。（“哨棒十三”）

放翻身体，却待要睡……武松见了，叫声“阿呀”，从青石上翻将下来，便拿那条哨棒在手里，（“哨棒十四”）闪在青石边。

武松见那大虫复翻身回来，双手抡起哨棒。（“消棒十五”）

尽平生气力，只一棒，从半空劈将下来。只听得一声响，簌簌地，将那树连枝带叶劈脸打将下来。定睛看时，一棒劈不着大虫，原来打急了，正打在枯树上，把那条哨棒折做两截，只拿得一半在手里。（“哨棒十六”）

教师：我们再来看一看，哨棒这一关键道具，施耐庵从武松离开柴进庄园开始落笔，一直写到打虎，为什么？铺垫。那么大家讨论一下，施耐庵是怎样用哨棒进行层层铺垫的?

学生讨论回答。

教师:老师讨个巧,直接用金圣叹的评价来解答吧。

屏幕出示 一路又将哨棒特特处处出色描写,彼固欲令后之读者,于陡然遇虎处,浑身倚仗此物以为无恐也,却偏有出自料外之事,使人惊杀。

半日勤写哨棒,只道仗他打虎,到此忽然开除,令人瞠目噤口,不复敢读下去。

哨棒折了,方显出徒手打虎异样神威来,只是读者心胆堕矣。

教师:看出来了吧?不厌其烦地刻画哨棒,是在为徒手打虎做准备。层层铺垫,层层叙事,哨棒无处不在,结果没起到作用。这样就把武松逼迫到了激发全部潜力的境地。

教师:哨棒这一关键道具不只是起到了这样一个作用,他甚至利用哨棒的折断突破了世界公认的一个文学理论——契诃夫之枪。

三 转 折

屏幕出示 契诃夫之枪,在学术界也叫做"统一",这个戏剧原则是作家安东尼·契诃夫观察总结出来的。意思是说故事中的每一个细节都需是相关联的、必要的、不可替代的。契诃夫这样解释:去掉一切和故事不相关的东西。如果第一章中提到了墙上挂了一支枪,那么第二章或第三章中,这支枪一定要发挥它的作用,反正有枪就应该有人死,要不然这支枪压根就不应该出现在故事中。

教师:按照读者的心理期待,武松肯定要利用哨棒打虎,结果呢,哨棒断了！就好比我们看到枪战片当中枪手威风凛凛地摆弄枪械，结果一开枪，哑火了。意外吗？转折和突变就这样发生了。之前的铺垫，是为了最后的爆发，武松这样一个神威凛凛的形象就建立起来了。哨棒的作用还不止于此。

四 细节刻画人物性格

教师：我们还是直接看金圣叹的点评。

屏幕出示 写哨棒有无数身份。

教师：什么叫无数身份？就是说施耐庵利用哨棒这一道具形象地刻画了武松在不同场合下的不同状态。

屏幕出示 前后共吃了十八碗，绰了哨棒，立起身来，（“哨棒七——第一个身份”）道：“我却又不曾醉！”走出门前来，笑道：“却不说‘三碗不过冈’！”手提哨棒便走。（“哨棒八——第二个身份”）

这武松提了哨棒。（“哨棒九——第三个身份”）

横拖着哨棒。（“哨棒十——第四个身份”）

武松正走，看看酒涌上来，便把毡笠儿掀在脊梁上，将哨棒绾在肋下。（“哨棒十一——第五个身份”）

武松走了一直，酒力发作，焦热起来，一只手提哨棒。（“哨棒十二——第六个身份”）

见一块光挞挞大青石，把那哨棒倚在一边。（“哨棒十三——第七个身份”）

放翻身体，却待要睡，武松见了，叫声“阿呀”，从青石上翻将下来，便拿那条哨棒在手里。（“哨棒十四——第八个身份”）闪在青石边。

武松见那大虫复翻身回来，双手抡起哨棒。（“哨棒十五——第九个身份”）

尽平生气力，只一棒，从半空劈将下来。只听得一声响，簌簌地，将那树连枝带叶劈脸打将下来。定睛看时，一棒劈不着大虫，原来打急了，正打在枯树上，把那条哨棒折做两截，只拿得一半在手里。（“哨棒十六。”）

教师：施耐庵只是换了几个动词，甚至就是几个动词不断地重复使用，偏偏就刻画出了武松从一个普通行脚旅客到嗜酒的醉鬼的变化，刻画出了这个逞强喝酒的莽汉从清醒到大醉，从胆气粗壮到无比惊吓的全过程。实在是笔力千钧！这就是细节描写的作用。

教师：说到动词，我想起福楼拜的一个理论，大家在小学课本上可能见过，有一篇课文叫做《莫泊桑学写作》，里面提到了。

屏幕出示 我们不论描写什么事物：要表现它，唯有一个名词；要赋予它运动，唯有一个动词；要得到它的性质，唯有一个形容词。我们必须继续不断地苦心思索，非发现这个唯一的名词、动词和形容词不可，仅仅发现与这些名词、动词或形容词相类似的词句是不行的，也不能因为思索困难，就用类似的词句敷衍了事。 ——福楼拜

五 继续说铺垫

教师：武松打虎这一回故事，有关铺垫、转折，其实不只是通过哨棒这一个道具来表现的。日常讨论的时候，不少人质疑，武松怎么可能打得死老虎？就是艺术夸张而已。我们不否认，小说需要艺术夸张，但是，情节一定要合理，才能立得住。在这个故事里，施耐庵绵针密线，几乎考虑到了所有可能出现漏洞的地方。

屏幕出示 身躯凛凛，相貌堂堂。一双眼光射寒星，两弯眉浑如刷漆。胸脯横阔，有万夫难敌之威风；语话轩昂，吐千丈凌云之志气。心雄胆大，似撼天狮子下云端；骨健筋强，如摇地貔貅临座上。如同天上降魔主，真是人间太岁神。

教师："撼天狮子、摇地貔貅、骨健筋强、身躯凛凛"，注意这些形容词。我们继续看原著，原著中为什么要写小酒馆，写"三碗不过冈"？只是为了让武松喝醉酒吗？非也。

屏幕出示 （牛肉）切二三斤来吃酒，肉便再把二斤来吃。

教师：这么大的食量，得是多么有力气！再说情节的合理性。他为什么会遇见虎？

1. 不相信有虎，以为店家骗他。原文："你留我在家里歇，莫不半夜三更，要谋我财，害我性命，却把鸟大虫唬吓我？"

2. 看见树上有两行字，说是山上有虎，还以为是店家的把戏。原文："这是酒家诡诈，惊吓那等客人，便去那厮家里歇宿。我却怕甚么鸟！"

3. 最终看见榜文，知道真有虎了，想回去，又不好意思，怕被店家耻笑。原文："武松读了印信榜文，方知端的有虎；欲待转身再回酒店里来，寻思道：'我回去时，须吃他耻笑，不是好汉，难以转去。'存想了一回，说道：'怕甚么鸟！且只顾上去看怎地！'"可见，武松是一个自我期许很高的人，认为面子比性命重要，其实心里也怕。

4. 这个时候，总该遇见虎了吧？还没有！施耐庵写他酒性发了，前面就写过这酒后劲大，他喝了十八碗，终于倒了，睡在虎林的大青石上。虎出来时，他吓出了一身冷汗（害怕），躲闪了好几回没还手（从害怕到观察对手的本事）。然后，之前铺垫了无数次的哨棒来了，他一棒子打去——哨棒断了！

教师：小说对打虎做了很多合理化的细节处理。

1. 打虎时武松与老虎的状态:"武松走了一直,酒力发作,焦热起来,一只手提哨棒,一只手把胸膛前袒开,踉踉跄跄,直奔过乱树林来;见一块光挞挞大青石,把那哨棒倚在一边,放翻身体,却待要睡,只见发起一阵狂风。那一阵风过了,只听得乱树背后扑地一声响,跳出一只吊睛白额大虫来。武松见了,叫声'阿呀',从青石上翻将下来,便拿那条哨棒在手里,闪在青石边。"武松先是醉得不行了,但是让老虎一惊酒醒了。老虎的状态是"那大虫又饿又渴,把两只爪在地上略按一按,和身望上一扑,从半空里撺将下来"。老虎是饥饿状态,武松酒足饭饱,人也比较清醒。

2. 打斗过程是"原来那大虫拿人只是一扑,一掀,一剪;三般捉不着时,气性先自没了一半"。武松先躲了老虎三招,然后"见那大虫复翻身回来,双手抡起哨棒,尽平生气力,只一棒,从半空劈将下来。只听得一声响,簌簌地,将那树连枝带叶劈脸打将下来。定睛看时,一棒劈不着大虫,原来打急了,正打在枯树上,把那条哨棒折做两截,只拿得一半在手里。那大虫咆哮,性发起来,翻身又只一扑,扑将来。武松又只一跳,却退了十步远。那大虫恰好把两只前爪搭在武松面前。武松将半截棒丢在一边,两只手就势把大虫顶花皮胳嗒地揪住,一按按将下来。那只大虫急要挣扎,被武松尽力气捺定,那里肯放半点儿松宽。武松把只脚望大虫面门上、眼睛里只顾乱踢。那大虫咆哮起来,把身底下爬起两堆黄泥,做了一个土坑。武松把大虫嘴直按下黄泥坑里去。那大虫吃武松奈何得没了些气力。武松把左手紧紧地揪住顶花皮,偷出右手来,提起铁锤般大小拳头,尽平生之力只顾打。打到五七十拳,那大虫眼里、口里、鼻子里、耳朵里,都迸出鲜血来,更动弹不得,只剩口里兀自气喘"。武松先反击,没成功。老虎再反击,恰好被武松就势抓住,打死。所以光从原文来看,武松其实不想打虎,但是抱着侥幸心理上山了,再加上武松本来就是力大无穷,又状态好、运气好,打死老虎也不是完全没道理的。

六 总 结

教师：关于小说情节，这里不妨提几个问题，让大家在今后阅读小说、欣赏情节时思考。

屏幕出示 ①故事梗概是什么？你能概括出故事情节吗？②故事的主要矛盾是什么？③故事发展的次序是怎样的？④小说有巧合、悬念等手法吗？能否可信？⑤故事情节塑造了什么样的人物性格？⑥情节是如何帮助阐明主题思想的？

皎皎空中孤月轮

——谈谈《水浒传》里的中秋节

一 导 入

屏幕出示 (《水调歌头·明月几时有》)明月几时有？把酒问青天。不知天上宫阙，今夕是何年。我欲乘风归去，又恐琼楼玉宇，高处不胜寒。起舞弄清影，何似在人间。

转朱阁，低绮户，照无眠。不应有恨，何事长向别时圆？人有悲欢离合，月有阴晴圆缺，此事古难全。但愿人长久，千里共婵娟。

学生齐读。

教师：《礼记》上记载："天子春朝日，秋夕月。""夕月"就是祭月亮，说明早在春秋时代，帝王就已开始祭月、拜月。后来贵族官吏和文人学士也相继仿效，逐步传到民间。在唐代，中秋赏月、玩月颇为盛行，许多诗人的名篇中都有咏月的诗句，中秋节开始成为固定的节日，《唐书·太宗记》记载就有"八月十五中秋节"。北宋年间，正式定八月十五为中秋节，并出现"小饼如嚼月，中有酥和饴"的节令食品。在孟元老的《东京梦华录》中，"中秋夜，贵家结饰台榭，民间争占酒楼玩月”；而且“弦重鼎沸，近内延居民，深夜逢闻笙竽之声，宛如云外。间里儿童，连宵嬉戏；夜市骈阗，至于通晓”。

苏轼的这首词构思奇特，独辟蹊径，极富浪漫主义色彩。在格调上则是“一洗绮罗香泽之态，摆脱绸缪宛转之度；使人登高望远，举首高歌”（胡寅《酒边词序》），是历来公认的中秋词中的绝唱。“但愿人长久，千里共婵娟”，是在中秋之夜，对一切经受着离别之苦的人表示的美好祝愿。

但是《水浒传》不同，在这部书里，刻意描绘了几个月圆之夜。但在泠泠清辉之下，闪耀着刀光剑影，埋伏着暗流涌动。主人公的悲剧命运从团圆夜开始，圆月犹如眼睛，在高空中俯视着人间的杀戮。

二 史进的中秋节

教师：第一个过“中秋节”的是九纹龙史进，他原本就想在庄上邀请少华山的三个头领朱武、陈达和杨春一起过个安稳的节日，所以“当日分付家中庄客，宰了一腔大羊，杀了百十个鸡鹅，准备下酒食筵宴”。

这年的中秋之夜，也是一番美景。

屏幕出示 午夜初长，黄昏已半，一轮月挂如银。冰盘如昼，赏玩正宜人。清影十分圆满，桂花玉兔交馨。帘栊高卷，金杯频劝酒，欢笑贺升平。年年当此节，酩酊醉醺醺。莫辞终夕饮，银汉露华新。

教师：谁来回顾一下前后的情节？

学生讨论回顾。

屏幕出示 史进见王四回来，问道：“你缘何方才归来？”王四道：“托主人福荫，寨中三个头领都不肯放，留住王四吃了半夜酒，因此回来迟了。”史进又问：“曾有回书么？”王四道：“三个头领要写回书，却是小人道：‘三位头领既然准时赴席，何必回书？小人又有杯酒，路上恐有些失支脱节,不是耍处。'"史进听了大喜,说道:"不枉了诸人叫你'赛伯当'!真个了得!"王四应道:"小人怎敢差迟,路上不曾住脚,一直奔回庄上。"史进道:"既然如此,教人去县里买些果品案酒伺候。"

教师:史进是一个性子粗疏的人,他和少华山的强盗交往一点也不机密,任用手下的人也是不察。在以后的情节里,他多次因为这个毛病吃了大亏。

屏幕出示 酒至数杯,却早东边推起那轮明月。史进和三个头领叙说旧话新言。只听得墙外一声喊起,火把乱明。史进大惊,跳起身来道:"三位贤友且坐,待我去看!"喝叫庄客:"不要开门!"掇条梯子上墙打一看时,只见是华阴县尉在马上,引着两个都头,带着三四百士兵,围住庄院。史进及三个头领只管叫苦。外面火光中照见钢叉、朴刀、五股叉、留客住,摆得似麻林一般。两个都头口里叫道:"不要走了强贼!"

教师:我重读这一段文字的时候,十分感慨施耐庵的大师手笔,在这种紧张时刻,他还不忘加一句"却早东边推起那轮明月",生怕我们忘了这应该是一个祥和的团圆之夜。

教师:这场看起来很不错的中秋宴会,最终变成一场血腥的杀戮,由于史进的下书人王四因喝酒丢失了书信,导致史家庄一场血战,逼得史进有国难奔,有家难投,最终逼得落草梁山。

三 武松的中秋节

教师:《水浒传》里记载武松过的这个中秋节,可谓是惊心动魄。在这个中秋节之后,武松彻底与主流社会分道扬镳,走上了落草为寇的阶层。但是施耐庵描写的这个中秋节,美景实在是令人赞叹。

屏幕出示 玉露泠泠，金风淅淅。井畔梧桐落叶，池中菡萏成房。新雁初鸣，南楼上动人愁惨；寒蛩韵急，旅馆中孤客忧怀。舞风杨柳半摧残，带雨芙蓉逞妖艳。秋色平分摧节序，月轮端正照山河。

教师：那一日中秋佳节，原本是家人团聚之日，对于武松来说，天地间只剩下孤苦伶仃一人。张都监正是利用了这种心理，才在这个团圆的节日里邀请了武松，而武松也因此放松了警惕。我们来看一看张都监和蒋门神他们是怎样一步一步把武松送进了深渊里的。

屏幕出示 只见店门前，两三个军汉，牵着一匹马，来店里寻问主人，道："那个是打虎的武都头？"施恩却认得是孟州守御兵马都监张蒙方衙内亲随人。施恩便向前问道："你们寻武都头则甚？"那军汉说道："奉都监相公钧旨，闻知武都头是个好男子，特地差我们将马来取他。相公有钧旨在此。"

教师：金圣叹这样评："武松平生一片心事发，只是要人叫声好男子，乃小人之图害之者，早已一片声叫他做好男子矣。千古多有此事，君子可不慎哉！"

这里要注意，跑腿的军汉说的是"武都头"，不是"武松"，也不是"贼配军"，明显是用武松曾经的社会地位和官职来传达张都监的"敬意"，而武松"是个刚直的人，不知委曲，便道：'他既是取我，只得走一遭，看他有甚话说。'"

屏幕出示 那张蒙方在厅上，见了武松来，大喜道："教近前来相见。"武松到厅下，拜了张都监，叉手立在侧边。张都监便对武松道："我闻知你是个大丈夫，男子汉，英雄无敌，敢与人同死同生。我帐前现缺恁地一个人，不知你肯与我做亲随体己人么？"武松跪下，称谢道："小人是个牢城营内囚徒；若蒙恩相抬举，小人当以执鞭随镫，伏侍恩相。"张都监大喜，便叫取果盒酒出来。张都监亲自赐了酒，叫武松吃得大醉。

教师：且看张都监是如何迎接武松的，见了武松，大喜道："我闻知你是个大丈夫，男子汉，英雄无敌，敢与人同死同生。我帐前现缺恁地一个人。不知你肯与我做亲随体己人么?"武松跪下，称谢道："小人是个牢城营内囚徒；若蒙恩相抬举，小人当以执鞭随镫，伏侍恩相。"

一个"贼配军"能得到当地顶头上司——兵马都监的赏识，别说是"亲随体己人"，就是另眼相看一下，也是前世的造化；武松只能一步步落入张都监的圈套。于是，"时光迅速，却早又是八月中秋"，这个中秋节就成为张都监等设计陷害武松的"道具"。

屏幕出示 时光迅速，却早又是八月中秋……张都监向后堂深处鸳鸯楼下安排筵宴，庆赏中秋，叫唤武松到里面饮酒。武松见夫人宅眷都在席上，吃了一杯便待转身出来。张都监唤住武松，问道："你那里去?"武松答道："恩相在上，夫人宅眷在此饮宴，小人理合回避。"张都监大笑道："差了！我敬你是个义士，特地请将你来一处饮酒，如自家一般，何故却要回避?"便教坐了。武松道："小人是个囚徒，如何敢与恩相坐地?"张都监道："义士，你如何见外？此间又无外人，便坐不妨。"武松三回五次谦让告辞。张都监那里肯放，定要武松一处坐地。武松只得唱个无礼喏，远远地斜着身坐下。张都监着丫环、养娘相劝，一杯两盏。看看饮过五七杯酒，张都监叫抬上果桌饮酒，又进了一两套食；次说些闲话，问了些枪法。张都监道："大丈夫饮酒，何用小杯!"叫："取大银赏锺斟酒与义士吃。"连珠箭劝了武松几锺。看看月明光彩，照入东窗。武松吃的半醉，却都忘了礼数，只顾痛饮。张都监叫唤一个心爱的养娘，叫做玉兰，出来唱曲。张都监指着玉兰道："这里别无外人，只有我心腹之人武都头在此。你可唱个中秋对月时景的曲儿，教我们听则个。"玉兰执着象板，向前各道个万福，顿开喉咙，唱一只东坡学士中秋《水调歌》。

教师：酒席是设在后堂深处的鸳鸯楼下，张都监"叫唤武松到里面饮酒"，因为看见有夫人宅眷在席间，所以武松"吃了一杯，便待转身出来"。

这是符合当时礼数的，别说是一个配军，就是正当的客人，在男女有别的环境下，也会选择离席。

如果武松走了，张都监的戏就白唱了。于是，“如自家一般，何故却要回避”一句话就把武松留下来，而且这种话最容易让武松这样的人感动。武松历来是“吃软不吃硬”的汉子，从小父母双亡，由兄长武大郎抚养长大，后来哥哥武大郎又被毒死，如今就剩下孤家寡人一个。这种人在社会上最注意的是别人对自己的态度。张都监这种以家人相待的方式肯定会直击武松敏感的心脏。估计张都监这时候让武松去杀人，他都愿意。

原本武松就是贪杯的人，“看看月明光彩，照入东窗。武松吃的半醉，却都忘了礼数，只顾痛饮”。可想而知，此次武松真的以为自己是张都监的“家里人”。

但，这还不是时候，张都监知道“酒色”二字自古以来是分不开的，英雄什么时候过得了美人关？看到武松喝得如此尽兴，“张都监叫唤一个心爱的养娘，叫做玉兰，出来唱曲”。这个玉兰长得如何？且看施耐庵先生的形容：“脸如莲萼，唇似樱桃。两弯眉画远山青，一对眼明秋水润。纤腰袅娜，绿罗裙掩映金莲；素体馨香，绛纱袖轻笼玉笋。凤钗斜插笼云髻，象板高擎立玳筵。”可见，真是一个美女。对于武松这种莽汉来说，绝对是难以抗拒的。一首苏东坡的《水调歌》就把武松唱得魂飞魄散。等到玉兰敬酒的时候，“武松那里敢抬头。起身远远地接过酒来，唱了相公、夫人两个大喏，拿起酒来，一饮而尽，便还了盏子”。

张都监一看就知道武松心里那点小心思，于是顺水推舟：“此女颇有些聪明伶俐，善知音律，极能针指。如你不嫌低微，数日之间，择了良辰，将来与你做个妻室。”武松起身还推辞了一下，张都监一句：“你休推故阻，我必不负约。”按照《水浒传》里面的说法，武松此时并没有推辞，也就是接受了将来娶玉兰的这个事情，一开心，“当时一连又饮了十数杯酒”。

这个中秋之夜对于武松来说，真是几十年未有的好日子，不仅皓月当空，自己又得到孟州兵马都监的赏识；更重要的是，原本自己打算打一辈子光棍了，谁还愿意嫁给一个“贼配军”？哪里想到，这中秋节居然还能讨得一个媳妇。对于光棍武松来说，岂不是喜上加喜，以至于酒劲顶得都睡不着觉，"拿条哨棒，来厅心里月明下使几回棒，打了几个轮头"。

这一顿棍棒拳脚一直要到三更时分，武松刚脱衣去睡，圈套就不期而遇了，张都监设计已久的套路终于在武松酒劲发作之时出现。

教师：试想，如果没有此前那么多铺垫，又是家人相待，又是美人相赠，武松会不会拎根哨棒就去抓贼？对于闯荡江湖那么多年的武松来说，第一反应，应该是按兵不动，先看看情况，再出去探个究竟。但是，《水浒传》里面用了一个词"献勤"来形容此时的武松，也就是说，武松是去献殷勤的，回报张都监的"知遇之恩"。

教师：这个中秋节让武松从此踏上了远离主流秩序的路途，施耐庵利用团圆的中秋节作为背景，渲染武松被陷害的事情，从而烘托出一个悲愤的意境，使得武松最终逼上梁山有了正确的逻辑。

四 卢俊义的中秋节

教师：鲁迅有一句名言，说"悲剧就是把美好的东西毁灭给人看"。施耐庵真是大手笔，在史进和武松之后，又设计了一场中秋节惨案。这次的主角是号称"河北三绝"的玉麒麟卢俊义。

> **屏幕出示** 卢俊义抑众人不过，只得又住了几日，前后却好三四十日。自离北京是四月的话，不觉在梁山泊早过了四个月有余。但见金风淅淅，玉露泠泠，又早是中秋节近。卢俊义思量归期，对宋江诉说。宋江见卢俊义思归苦切，便道："这个容易，来日金沙滩送别。"卢俊义大喜。有诗为证：一别家山岁月赊，寸心无日不思家。此身恨不生双翼，欲借天风过水涯。

教师：此时卢俊义因为中了吴用的计策，急不可耐地自投罗网，为了让卢俊义早日入彀，宋江下了血本。在经过梁山泊两个多月的车轮酒水战的情况下，卢员外直喝得二目发直，四肢发软。眼看中秋将至，卢员外终于又鼓起勇气向宋江辞行。可惜他不知道后院已经起火，夫人和管家公然造了他的反。“一别家山岁月赊，寸心无日不思家。此身恨不生双翼，欲借天风过水涯。”此时的卢员外归心似箭，哪知却被设计了，被押到大牢。

可怜的卢员外，只能在铁窗中望着中秋明月，在寒如刀锋的月光中找寻着过去大摆宴席，宾朋满座，喝着美酒的中秋遗梦。而这一年的中秋，家是别人的了，甚至连性命马上也是别人的了。卢员外已经从大名府一掷千金的名流，变成一无所有的阶下囚。

屏幕出示 岸上张顺早把婆娘挟在肋下，拖到船边。燕青拿了李固，都望东门来了。再说卢俊义奔到家中，不见李固和那婆娘，且叫众人把应有家私金银财宝都搬来装在车子上，往梁山泊给散。

教师：仇是报了，人生的路也换了方向。

屏幕出示 卢俊义亦无家眷，带了数个随行伴当，自望庐州去了。……行至泗州淮河，天数将尽，自然生出事来。其夜因醉，要立在船头上消遣，不想水银坠下腰胯并骨髓里去，册立不牢，亦且酒后失脚，落于淮河深处而死。可怜河北玉麒麟，屈作水中冤抑鬼。

教师：梁山好汉们受封赴任的时候，我独独感慨于这一句：“卢俊义亦无家眷”。“零落栖迟一杯酒”，一怀孤忠，落得如此下场。而这一切，都从多年前的那个中秋——不团圆的中秋开始。

五 鲁智深的中秋节

屏幕出示 寺内众僧，推开窗，指着那潮头，叫鲁智深看，说道：“这潮信日夜两番来，并不违时刻。今朝是八月十五日，合当三更子时潮来。

因不失信，谓之潮信。"鲁智深看了，从此心中忽然大悟，拍掌笑道："俺师父智真长老，曾嘱付与洒家四句偈言，道是'逢夏而擒'，俺在万松林里杀，活捉了个夏侯成；'遇腊而执'，俺生擒方腊；今日正应了'听潮而圆，见信而寂'，俺想既逢潮信，合当圆寂。众和尚，俺家问你，如何唤做圆寂？"

教师：中秋月亮最圆，鲁智深却在这天选择了圆寂。其实，圆寂对于他来说也许是一种圆满。圆满并不是完美，而是一种自我的圆融与满足，正如他临死前撇下的颂中所说"今日方知我是我"，胖大和尚在这天终于找到了自我。鲁智深为人慷慨大方，疾恶如仇，豪爽直率，不拘小节。可以说，他是《水浒传》中唯一带给我光明的人物，仿佛中秋黑夜中的明月。

六 结语

屏幕出示 刘唐背上包裹，拿了朴刀，跟着宋江下楼来。离了酒楼，出到巷口，天色黄昏，是八月半天气，月轮上来，宋江携住刘唐的手，分付道："兄弟保重，再不可来；此间做公的多，不是耍处。我更不远送了，只此相别。"刘唐见月色明朗，拽开脚步，望西路便走，连夜回梁山泊来。

教师：《水浒传》中还有一次疑似中秋节的故事：郓城县月夜走刘唐。那一年的八月可以说是《水浒传》万千线头的一个开端，施耐庵的笔力，真是惊人！

即使如中秋节这般温馨、祥和、团团圆圆，家家的月亮也是不一样的风景。史进的小心防范却也防不胜防，武松人生得意须尽欢不想另有机关，卢员外的狱中琐忆不知有几许忧愁，鲁智深却在这天选择了圆寂。

我猜想，施耐庵一定也是不忍心吧，他要给“水浒”中人一个光明的尾巴。

教师：除了中秋节外，书里还描绘了三次元宵佳节发生的故事，大家有兴趣的话不妨找出来仔细看一看。

诗言志

——不可忽视的诗词

一 导 入

教师：我们知道，《水浒传》是我国第一部白话长篇小说，也是第一部以精雕细刻为特色的现实主义小说。它最大的特点就是其中包含的现实主义精神。在小说的诗词中，这种精神虽然没有其他地方明显，但仍然是最主要的特色。

《水浒传》中的诗词刻画了许多个性鲜明的人物形象，这些刻画，主要是围绕一百零八人来进行的。作者将千差万别的人物，按照他们各自的阶级、出身、地位、个性、气质、风度、文化、教养、脾气、习惯等等情况，都分别给了他们各自特有的思想和性格。这么多人物，作者是从封建社会这个大环境的全视角对他们进行审视的，而且这种审视的基调是贯彻始终的。同时，作者还注意到，按生活的本来面目反映人物的生活，反映人物形象的“这一个”。这就是从现实出发的人物刻画。这一刻画，体现出个性和共性的完整统一。也正因如此，诗词部分的人物刻画，它的思想、艺术感染力才在书里面有了不容忽视的地位。比如说宋江的“忠义”、武松的“刚毅”、鲁智深的“豪侠”、李逵的“粗直”、林冲的“忍让”等等，都十分恰当地概括了人物形象的典型性。其中，作为起义首领的宋江，诗词对他的刻画尤其成功。

二 诗词中的宋江

屏幕出示 自幼曾攻经史，长成亦有权谋。恰如猛虎卧荒丘，潜伏爪牙忍受。不幸文刺双颊，那堪配在江州。他年若得报冤仇，血染浔阳江口。(《西江月》)

心在山东身在吴，飘蓬江海谩嗟吁。他时若遂凌云志，敢笑黄巢不丈夫。

教师：这两首诗词，李卓吾评论说："观此，可知宋公明真品格矣。"那么这"真品格"到底指什么呢？说白了，就是要造反。《西江月》以权谋为词眼，上阕自述才干，明言忍受，等待时机；下阕发泄不平，抒发胸怀，立志复仇。金圣叹又说它"笔墨如镜，奇文突兀"。而七绝起笔就表明了宋江的心迹和处境，反叛之心从此隐约可见。第二句则先说自身漂泊，慨叹身世的同时也自勉自励。后面两句则表达自己的"凌云志"，是什么呢？效法黄巢，扫荡天下不平之事，创万世基业。从这首诗中，我们可以很清楚地看到他的反叛思想，看到其中闪烁着的革命火花。因此，这首诗被称为反诗。

教师：这两首诗词的直接后果就是宋江被捕，然后梁山好汉劫法场。劫法场的结果有两个，一是梁山确立了明确的领导核心；另一个是通过此次行动吸纳了许多好汉，壮大了梁山的自身实力。所以这次题反诗对后面故事发展起到了重要作用。我们回头再仔细分析这两首诗词，会发现宋江一改平时恭顺谨慎的"老好人"形象，此时的"山东及时雨"分明就是个有野心有气魄且不安于现状的枭雄式人物。但是通过对全书的阅读会发现，宋江为人并非如此。就算是他在醉后偶露峥嵘，但这种造反逆天的心态宋江从来没有。我们不否认宋江有权谋有野心，但绝非是黄巢式的人物。再仔细分析语句，《西江月》中“恰如猛虎卧荒丘，潜伏爪牙忍受”写宋江不满现状，这没错。但是“他年若得报冤仇，血染浔阳江口”这两句从何说起？他有什么冤仇？我们可以说他这种仇恨是对朝廷的发泄，但又为何要“血染浔阳江口”？所以这里的诗词是纯粹为情节创造，缺乏前后的逻辑性和合理性。

屏幕出示 喜遇重阳，更佳酿今朝新熟。见碧水丹山，黄芦苦竹。头上尽教添白发，鬓边不可无黄菊。愿樽前长叙弟兄情，如金玉。

统豺虎，御边幅。号令明，军威肃。中心愿，平虏保民安国。日月常悬忠烈胆，风尘障却奸邪目。望天王降诏，早招安，心方足。

（《满江红·喜遇重阳》）

教师：这首词出自第七十一回《忠义堂石碣受天文，梁山泊英雄排座次》。若说当初浔阳楼题反诗是在人生最失意时，此时宋江填此《满江红》可以说是志得意满。一百零八将齐聚梁山泊，宋江坐稳水浒寨中第一把交椅。在“菊花之会”上，宋江显然想得远，眼前是一片“碧水丹山”的光明远景；再看看山寨此时的规模：“统豺虎，御边幅。号令明，军威肃。”宋江俨然是一方之霸，叱咤风云的角色。而自己和弟兄们则像一团“黄芦苦竹”，“头上尽教添白发，鬓边不可无黄菊”，只能好好地珍惜难得佳节团圆的弟兄的友情了。

下阕接着写了自己“保民安国”的雄心壮志和最终目的“望天王降诏，早招安，心方足”。却惹恼一些弟兄的强烈反对，“武松叫道：‘今日也要招安，明日也要招安去，冷了弟兄们的心！’”李逵一脚把桌子踢翻。筵席不欢而散。

严格地说这是一首好词。叙事，写景，抒情，层次有条不紊。但最后一句“望天王降诏，早招安，心方足”让全篇一下子黯然。词作结尾往往有画龙点睛之用，可以让全篇一下子出彩起来。而宋江这里则是点金成铁。

我小时候每读至此处，嘴里嚷的就是黑旋风那句：“招安，招安，招甚鸟安！”小说到此可以说是进入第二部分，而《水浒传》最光辉最出色的一段也基本上到头了。

屏幕出示 天南地北，问乾坤、何处可容狂客？借得山东烟水寨，来买凤城春色。翠袖围香，绛绡笼雪，一笑千金值。神仙体态，薄幸如何消得！

想芦叶滩头，蓼花汀畔，皓月空凝碧。六六雁行连八九，只等金鸡消息。义胆包天，忠肝盖地，四海无人识。离愁万种，醉乡一夜头白。

（《念奴娇·天南地北》）

教师：这首词出自第七十二回《柴进簪花入禁院，李逵元夜闹东京》。宋江等上东京想通过名妓李师师在宋徽宗面前疏通，使朝廷早日降旨招安。在李师师座上，宋江“尽诉胸中郁绪，呈上花魁尊听”，作了这首《念奴娇》的乐府词。

教师：此词写尽男儿胸中情怀，狂客胸中块垒。天南地北，“问乾坤、何处可容狂客？”抒情致何其狂也！“翠袖围香，绛绡笼雪，一笑千金值。”状貌何其丽也！“想芦叶滩头，蓼花汀畔，皓月空凝碧。”绘景何其工也！“义胆包天，忠肝盖地，四海无人识。”言志又何其壮也！风流天子宋徽宗听此词叹道：“不料剧贼之词其工若此！有才若此，为何上山为盗？”宋徽宗在读了宋江词后，在心理上应该会有种认同感，不拿宋江当做方腊等辈看待。而且梁山泊自身的实力使得朝廷不得不慎重考虑，再加上李师师的疏通，招安就水到渠成了。

屏幕出示 楚天空阔，雁离群万里，恍然惊散。自顾影，欲下寒塘，正草枯沙净，水平天远。写不成书，只寄得、相思一点。暮日空濠，晓烟古堑，诉不尽许多哀怨！

拣尽芦花无处宿，叹何时玉关重见！嘹呖忧愁呜咽，恨江渚难留恋。请观他春昼归来，画梁双燕。（《解连环·楚天空阔》）

教师：宋江征辽，大胜而归，五台山参禅之后，“望东京进发”，“当晚屯兵双林渡口。宋江在帐中，因复感叹燕青射雁之事，心中纳闷，叫取过纸笔，作词一首……词中之意，甚是悲哀忧戚之思。宋江心中郁郁不乐”。

教师：此词极类似张炎的《解连环》：

“楚江空晚，怅离群万里，恍然惊散。自顾影、欲下寒塘，正沙净草枯，水平天远。写不成书，只寄得、相思一点。料因循误了，残毡拥雪，故人心眼。”

“谁怜旅愁荏苒？漫长门夜悄，锦筝弹怨。想伴侣、犹宿芦花，也曾念春前，去程应转。暮雨相呼，怕蓦地、玉关重见。未羞他、双燕归来，画帘半卷。”

明代大出版家余象斗就说它是“绝妙好词，文人才人，亦未必能作，是英雄有情人乃能之”。他认为此词是宋江作的，这是看小说太投入太当真。但“英雄有情人”五个字却说得精当无比。试比较两首词，上阕的结句，宋江是：“暮日空濛，晓烟古堑，诉不尽许多哀怨！”张炎是：“料因循误了，残毡拥雪，故人心眼。”张炎的词仅见孤凄，而宋江的词却因为有了“空濛”和“古堑”这种带兵人才关注的场景，使其哀怨成为“英雄有情人”的哀怨。

屏幕出示

（一）

一声低了一声高，
嘹亮声音透碧霄。
空有许多雄气力，
无人提处谩徒劳。

（二）

玲珑心地最虚鸣，
此是良工巧制成。
若是无人提挈处，
到头终久没声名。　　（《胡敲》二首）

教师：宋江等见过天子得了封赏，意气风发准备去征方腊。“宋江、卢俊义两个在马上欢喜，并马而行。”“出的城来，只见街市上一个汉子，手里拿着一件东西，两条巧棒，中穿小索，以手牵动，那物便响。宋江见了，却不识的，使军士唤那汉子问道：‘此是何物？’那汉子答道：‘此是胡敲也。用手牵动，自然有声。’宋江乃作诗一首……”还是托物言志，包含两个意思：第一，物有鸣的欲望；第二，人不能无人提携。

教师：此时宋江想到了宿太尉的提携之恩。看到这里真的对小说已不抱什么兴趣了。又回到了中国传统的相报知遇之恩的老套路数上。宋江难道此时不该想想他的顶戴是弟兄们拼着命挣来的？我承认中国的农民起义基本上没有好结果，接受招安是明智的。但得到朝廷一点封赏就感激涕零，对权贵的一点提拔就铭记于心，这绝不是大丈夫本色。

教师：宋江是整部《水浒传》中第一号人物，作为文学形象，也是最丰满、最立体、最复杂、最有艺术魅力的一个人。在他身上集儒气、义气、豪气、匪气和奴气于一身。

《水浒传》中作者托名宋江写的几首诗词，首先，就诗词艺术而言，确有可观赏之处；其次，这几首诗词是宋江的思想、情感、欲望的真切表达，故而丰富了他的形象。

三 全书之魂

教师：《水浒传》中有许多精彩的片段，集中地反映了作品的特点。

我觉得“智取生辰纲”是最精彩的片段之一，也是本书一个新的起点，其中也包含了许多经典的诗词，反映了本书中的背景以及人物的性格特点。

屏幕出示

赤日炎炎似火烧，
野田禾稻半枯焦。
农夫心内如汤煮，
楼上王孙把扇摇。

教师：白胜唱的是对北宋政权腐败、社会不平等的嘲讽揭露。这首诗语句甚俗，但读来另有种英雄豪气。白胜吟唱的这四句诗堪称全书之魂，表现了在天灾、人祸的严酷生活煎熬中，两个尖锐对立的阶级的生活画面。大奸臣蔡京、梁中书搜刮民脂民膏，招致天怒人怨，把他们的罪恶赃物夺回到人民手中，就非常切合人民的意愿。智取的成功还充分体现了被压迫者的智慧。同样在这一回里，作者利用诗词描写刻画了典型环境，诗词里所描绘的自然景观，是典型环境构筑的重要因素，有助于刻画人物的性格，让故事的情节合乎情理和逻辑。

屏幕出示 此时正是五月半天气，虽是晴明得好，只是酷热难行。昔日吴七郡王有八句诗道：“玉屏四下朱阑绕，簇簇游鱼戏萍藻。簟铺八尺白虾须，头枕一枚红玛瑙。六龙惧热不敢行，海水煎沸蓬莱岛。公子犹嫌扇力微，行人正在红尘道。”

这八句诗单题着炎天暑月，那公子王孙在凉亭上水阁中浸着浮瓜沉李，调冰雪藕避暑，尚兀自嫌热，怎知客人为些微名薄利，又无枷锁拘缚，三伏内，只得有那途路中行。今日杨志这一行人要取六月十五日生辰，只得在路途上行。自离了这北京五七日，端的只是起五更，趁早凉便行，日中热时便歇。

五七日后，人家渐少，行路又稀，一站站都是山路。杨志却要辰牌起身，申时便歇。那十一个厢禁军，担子又重，无有一个稍轻，天气热了行不得，见着林子，便要去歇息。杨志赶着催促要行。如若停住，轻则痛骂，重则藤条便打，逼赶要行。两个虞候虽只背些包裹行李，也气喘了行不上。杨志也嗔道："你两个好不晓事！这干系须是俺的，你们不替洒家打这夫子，却在背后也慢慢地挨。这路上不是耍处！"那虞候道："不是我两个要慢走，其实热了行不动，因此落后。前日只是趁早凉走，如今怎地正热里要行，正是好歹不均匀。"杨志道："你这般说话，却似放屁！前日行的须是好地面，如今正是尴尬去处，若不日里赶过去，谁敢五更半夜走？"两个虞候口里不道，肚中寻思："这厮不值得便骂人。"

杨志提了朴刀，拿着藤条，自去赶那担子。两个虞候坐在柳荫树下，等得老都管来，两个虞候告诉道："杨家那厮，强杀只是我相公门下一个提辖，直这般会做大！"老都管道："须是相公当面分付道休要和他别拗，因此我不做声，这两日也看他不得，权且耐他。"两个虞候道："相公也只是人情话儿，都管自做个主便了。"老都管又道："且耐他一耐。"

当日行到申牌时分，寻得一个客店里歇了。那十一个厢禁军雨汗通流，都叹气吹嘘，对老都管说道："我们不幸做了军健，情知道被差出来。这般火似热的天气，又挑着重担，这两日又不拣早凉行，动不动老大藤条打来，都是一般父母皮肉，我们直恁地苦！"老都管道："你们不要怨恨，巴到东京时，我自赏你。"众军汉道："若是似都管看待我们时，并不敢怨恨。"

又过了一夜。次日天色未明，众人起来，都要趁凉起身去。杨志跳起来喝道："那里去！且睡了，却理会。"众军汉道："趁早不走，日里热时走不得，却打我们。"杨志大骂道："你们省得甚么？"拿了藤条要打，众军忍气吞声，只得睡了。当日直到辰牌时分，慢慢地打火，吃了饭走,一路上赶打着,不许投凉处歇。那十一个厢禁军口里喃喃讷讷地怨恨,两个虞候在老都管面前絮絮聒聒地搬口。老都管听了,也不着意,心内自恼他。

话休絮繁,似此行了十四五日,那十四个人没一个不怨恨杨志。当日客店里辰牌时分慢慢地打火,吃了早饭行。正是六月初四日时节,天气未及晌午,一轮红日当天,没半点云彩,其日十分大热。(古人有八句诗道:“祝融南来鞭火龙,火旗焰焰烧天红。日轮当午凝不去,万国如在红炉中。五岳翠干云彩灭,阳侯海底愁波竭。何当一夕金风起,为我扫除天下热。”)

当日行的路,都是山僻崎岖小径,南山北岭,却监着那十一个军汉,约行了二十余里路程。那军人们思量要去柳荫树下歇凉,被杨志拿着藤条打将来,喝道:“快走!教你早歇!”众军人看那天时,四下里无半点云彩,其时那热不可当。但见:

热气蒸人,嚣尘扑面。万里乾坤如甑,一轮火伞当天。四野无云,风寂寂树焚溪坼;千山灼焰,吣剥剥石裂灰飞。空中鸟雀命将休,倒攧入树林深处;水底鱼龙鳞角脱,直钻入泥土窖中。直教石虎喘无休,便是铁人须汗落。

当时杨志催促一行人在山中僻路里行,看看日色当午,那石头上热了,脚疼走不得。众军汉道:“这般天气热,兀的不晒杀人!”杨志喝着军汉道:“快走,赶过前面冈子去,却再理会。”正行之间,前面迎着那土冈子。众人看这冈子时,但见:

顶上万株绿树,根头一派黄沙。嵯峨浑似老龙形,险峻但闻风雨响。山边茅草,乱丝丝攒遍地刀枪;满地石头,碜可可睡两行虎豹。休道西川蜀道险,须知此是太行山。

教师:“智取生辰纲”这一回写天气的诗句有:“日轮当午凝不去,万国如在红炉中。”“五岳翠干云彩灭,阳侯海底愁波竭。”“热气蒸人,嚣尘扑面。”“赤日炎炎似火烧，野田禾稻半枯焦。”写太阳的诗句有：“万里乾坤如甑，一轮火伞当天。”写树林的诗句有：“山边茅草，乱丝丝攒遍地刀枪；满地石头，磣可可睡两行虎豹。”这些景象，构成一个典型的环境，那就是“热”。天气炎热，气氛得到烘托，矛盾激化，故事情节才得以在矛盾中发生发展，之后的情节才合情合理。

四 诗词表现的典型环境里的人物心理

屏幕出示 柄柄芰荷枯，叶叶梧桐坠。蛩吟腐草中，雁落平沙地。细雨湿枫林，霜重寒天气。不是路行人，怎谙秋滋味。

教师：第二十二回中，宋江兄弟逃离宋家村，作者便插了这首诗。这首五律很不寻常，四联犹如四幅工笔画，通过对“荷枯叶坠”的自然景象的描写，渲染了深秋凌晨那种肃杀凄凉的气氛，同时借助禽鸟草虫归宿有处来反衬二人归家无门。作者用委婉含蓄的笔调，以景衬人，借以展示宋氏兄弟命运的危急，以此来感动读者，使读者为主人公的前途担忧，产生共鸣。

屏幕出示 当时离了营中，径到李小二家，对他夫妻两个说道：“今日管营拨我去大军草料场管事，却如何？”李小二道：“这个差使，又好似天王堂。那里收草料时，有些常例钱钞。往常不使钱时，不能够这差使。”林冲道：“却不害我，倒与我好差使，正不知何意？”李小二道：“恩人休要疑心，只要没事更好了。只是小人家离得远了，过几时挪工夫来望恩人。”就在家里安排几杯酒，请林冲吃了。

话不絮烦，两个相别了。林冲自到天王堂取了包裹，带了尖刀，拿了条花枪，与差拨一同辞管营，两个取路投草料场来。正是严冬天气，彤云密布，朔风渐起，却早纷纷扬扬卷下一天大雪来。那雪早下得密了，但见：

凛凛严凝雾气昏，空中祥瑞降纷纷。须臾四野难分路，顷刻千山不见痕。银世界，玉乾坤，望中隐隐接昆仑。若还下到三更后，仿佛填平玉帝门。

教师：第十回描写雪景："凛凛严凝雾气昏，空中祥瑞降纷纷。"写出了环境的严峻，此时的林冲正处于命运的转折点，他心理的矛盾可想而知。"须臾四野难分路，顷刻千山不见痕"，可不正是林教头彷徨无路的写照？这样的雪景，烘托了他的心情，激化了心理矛盾，为他上梁山作了铺垫。

教师：类似作用的诗词还有很多。比如鲁智深醉打山门时，武松景阳冈打虎时，作者插入的诗词都极其精妙。大家可细细看一看。

五 结 语

屏幕出示 打鱼一世蓼儿洼，不种青苗不种麻。酷吏赃官都杀尽，忠心报答赵官家。

老爷生长石碣村，禀性生来要杀人。先斩何涛巡检首，京师献与赵王君。

教师：这是阮氏兄弟反围剿的时候唱的歌。有一位老先生曾经说："唐朝的诗是嚷出来的，宋朝的是想出来的，宋以后是仿出来的。"大家闲来无事仔细品一品，阮氏兄弟是嚷出来的，还是想出来的？

姓名的奥秘

——杨志和施恩

一 导 入

教师：中国古典小说之所以有夺人心魄的艺术魅力和永垂不朽的文学价值，归根结底在于作者塑造了形形色色、个性鲜明的人物形象。单从人物的取名来看，就多有巧妙之处。因为孔子说："必也乎正名。"又说："名不正则言不顺，言不顺则事不成。"所以，中国古人对于名字，有时候到了极其考究的地步。

屏幕出示 及时雨宋江　智多星吴用　豹子头林冲

教师：从前有人研究水浒故事，说到这些人物的时候，调侃道："及时雨"是众所渴盼的，但是可惜洒到江里去了，是不是预示着梁山众人在宋江的领导下一定会失败？"智多星"足智多谋，可惜无用。"豹子"预示着勇武过人，但是在树林里怎么跑得起来呢？林冲的悲剧命运从绰号就可以看出来。

这些解读固然有诙谐调侃的成分，但是在《水浒传》里，施耐庵给人物取名和安排绰号的时候，可以说真的是煞费苦心。我们今天说一说天暗星杨志和金眼彪施恩。

二 杨志的绰号由来

屏幕出示 林冲打一看时，只见那汉子头戴一顶范阳毡笠，上撒着一把红缨；穿一领白缎子征衫，系一条纵线绦；下面青白间道行缠，抓着裤子口，獐皮袜，带毛牛膀靴；跨口腰刀，提条朴刀；生得七尺五六身材，面皮上老大一搭青记，腮边微露些少赤须；把毡笠子掀在脊梁上，坦开胸脯；带着抓角儿软头巾，挺手中朴刀，高声喝道："你那泼贼！将俺行李财帛那里去了。"

教师：这是对杨志的肖像描写。很多人只注意到面盘上老大一块青记，于是记住了，也以为看明白了，哦，青面兽天暗星由此而来。但是，这是事实的全部吗？

屏幕出示 那汉道：洒家是三代将门之后，五侯杨令公之孙，姓杨名志。流落在此关西。年纪小时曾应过武举，做到殿司制使官。

教师：杨志的出身不错，是三代将门之后，就像三国里的刘备每次见面总会说"中山靖王之后"一样。可惜到了杨志他这一代已经过去了接近两百年，家族的人丁已经稀少，在朝廷里根本就没有能说话的人。外号叫"青面兽"，人虽长得丑，但有一身好武艺，靠一身真本事当了一名朝廷武将。但是他的好运似乎也就如此而已了。我说，他是个"倒霉蛋"。

屏幕出示 道君因盖万岁山，差一般十个制使去太湖边搬运"花石纲"赴京交纳。不想洒家时乖运蹇，押着那花石纲来到黄河里，遭风打翻了船，失陷了花石纲，不能回京走任，逃去他处避难。如今赦了俺们罪犯。洒家今来收的一担儿钱物，待回东京去枢密院使用，再理会本身的勾当。打从这里经过，雇请庄家挑那担儿，不想被你们夺了。可把来还洒家，如何？

教师：杨志倒霉，首先就是朝廷盖万岁山，安排人去押送花石纲，十个人里有九个人完成了，而唯独杨志没有完成，最后怕被治罪就这样落草为寇。如果这次倒霉是因为天时，那我们再看看后面的倒霉经历。

屏幕出示 过数日，央人来枢密院打点，理会本等的勾当，将出那担儿金银物买上告下，再要补殿司府制使职役。把许多东西都使尽了，方才得申文书，吊去见殿帅高太尉，来到厅前。那高俅把从前历事文书都看了，大怒道："既是你等十个制使去运花石纲，九个回到京师交纳了，偏你这厮把花石纲失陷了！又不来首告，倒又在逃，许多时捉拿不着！今日再要勾当，虽经赦宥，所犯罪名，难以委用！"把文书一笔都批了，将杨志赶出殿帅府来。

教师：杨志看到机会来了，自己搜集所有的钱财，到东京花钱买官。噩运再次降临，结果官没买到，钱也没了，原因是什么？杨志在心里骂高俅："高太尉你忒毒害，恁地刻薄！"

就这样杨志落得个身无分文，逼得自己到市集上卖自己的那把宝刀，于是第三次噩运开始了。

屏幕出示 当日将了宝刀插了草标儿，上市去卖。走到马行街内，立了两个时辰，并无一个人问。将立到晌午时分，转来到天汉州桥热闹处去卖。杨志立未久，只见两边的人都跑入河下巷内去躲。杨志看时，只见都乱撺，口里说道："快躲了！大虫来也！"杨志道："好作怪！这等一片锦城池，却那得大虫来？"

教师：在第十二回，他求官被高太尉拒绝后，盘缠使尽，无奈只能卖刀——不要忘了，他当年的官职是殿司制使官，所以梁中书会说以前就认得他。

屏幕出示 这个唤做“智取生辰纲。”原来杨志吃得酒少，便醒得快；爬将起来，兀自捉脚不住；看那十四个人时，口角流涎，都动不得。

杨志愤闷道：“不争你把了生辰纲去，教俺如何回去见梁中书？这纸领状须缴不得，就扯破。如今闪得俺有家难奔，有国难投，待走那里去？不如就这冈子上寻个死处！撩衣破步，望着黄泥冈下便跳。

教师：第四次噩运。梁中书要给岳父送礼，把搜刮来的十万贯金银，叫杨志押送到太师蔡京那里，结果丢掉生辰纲，就这样经历了四次噩运，彻底地结束了自己效力朝廷的想法，寻死不成和鲁智深一起落草。

教师：排座次的时候杨志的名号叫做“天暗星”，看完了杨志的这些经历，是不是觉得实至名归？我们再细细想一想，杨志的理想是什么。

屏幕出示 杨志闷闷不已，只到客店中思量：“王伦劝俺，也见得是，只是洒家清白姓字，不肯将父母遗礼来点污了，指望把一身本事，边庭上一枪一刀，博个封妻荫子，也与祖宗争口气；不想又吃这一闪！——高太尉你忒毒害，恁地刻薄！”

教师：杨志想的是靠真本事挣一个出身，但是在现实面前屡屡碰壁，杨志却不得志，这是多大的讽刺啊！天暗星，注定没有归宿。

三 施恩：恩结情义

教师：中国人自古讲究“受人滴水之恩，当以涌泉相报”。但是对于施恩者，却要求施恩不图报，这才称得上是个义。我们来看一看施恩和武松的交往是不是符合这个古老朴素的价值观。

屏幕出示 施恩得武松争了这口气，把武松似爷娘一般敬重。

教师：武松打走了蒋门神之后，施恩对武松极为敬重。但是在平常时候不太容易看得出一个人的真心。古语说道："一死一生，乃知交情。一贫一富，乃知交态。一贵一贱，交情乃见。"我们来看一看武松在生死关头施恩的表现。

屏幕出示 话里却说施恩已有人报知此事，慌忙入城来和父亲商议。老管营道："眼见得是张团练替蒋门神报仇，买嘱张都监，却设出这条计策陷害武松。必然是他着人去上下都使了钱，受了人情贿赂，众人以此不由他分说。必然要害他性命。我如今寻思起来，他须不该死罪。只是买求两院押牢节级便好，可以存他性命。在外却又别作商议。"施恩道："见今当牢节级姓康的，和孩儿最过得好。只得去求浼他如何？"老管营道："他是为你吃官司，你不去救他，更待何时？"施恩将了一二百两银子，迳投康节级，却在牢未回。施恩教他家着人去牢里说知。

不多时，康节级归来，与施恩相见。施恩把上件事一一告诉了一遍。……施恩取一百两银子与康节级，康节级那里肯受。……施恩相别出门来，迳回营里，又寻一个和叶孔目知契的人，送一百两银子与他，只求早早紧急决断。……次日，施恩安排了许多酒馔，甚是齐备，来央康节级引领，直进大牢里看视武松，见面送饭。……施恩附耳低言道："这场官司明明是都监替蒋门神报仇，陷害哥哥。你且宽心，不要忧念。我已央人和叶孔目说通了，甚有周全你的好意。且待限满断决你出去，却再理会。"此时武松得宽松了，已有越狱之心；听得施恩说罢，却放了那片心。施恩在牢里安慰了武松，归到营中。

教师：司马迁在《史记·游侠列传》里说："今游侠，其行虽不轨于正义，然其言必信，其行必果，已诺必诚，不爱其躯，赴士之厄困。既已存亡死生矣，而不矜其能，羞伐其德，盖亦有足多者焉。”在为武松上下奔走不惜得罪上司的时候，施恩身上已经有了好汉的影子。

屏幕出示 水军头领都回苏州，诉说三阮打常熟，折了施恩，又去攻取昆山，折了孔亮。石秀、李应等尽皆回了，施恩、孔亮不识水性，一时落水，俱被淹死。宋江见又折了二将，心中大忧，嗟叹不已。武松念起旧日恩义，也大哭了一场。

教师：武松是少见落泪的。武松是个有仇必报的人，也是个知恩图报的人，施恩是他的结拜兄弟，论感情当然好。所以在这一段描写中，要注意“旧日恩义”四个字。他们的交情，始于施恩，终于情义！

四 结语

教师：起名是一个非常考验作者知识储备和文字功底的环节，包括书名和人物名。

因为书名是把一部分，甚至全部剧情精练到几个字之中，人名则是要全面考虑音律、时代以及人物特征等因素。所以总的来说，人物名比较好听的作品，一般代表着作者功力高深，至少也说明作者对作品胸有成竹。人物名比较敷衍的作品，说明作者功力不够强，而且没有仔细思考过。

说句题外话，大家以后读小说，如果想快速判断文本的质量，不妨先看看人物的名字。

参考文献

［1］施耐庵.水浒传［M］.李卓吾，金圣叹点评本.济南：山东文艺出版社，1995.

［2］十年砍柴.闲看水浒［M］.北京：同心出版社，2004.

［3］王学泰.水浒与江湖［M］.北京：中国工人出版社，2004.

［4］王学泰.游民文化与中国社会［M］.北京：同心出版社，2007.

［5］萨孟武.水浒传与中国社会［M］.北京：北京出版社，2005.

［6］宁稼雨.水浒闲谭［M］.北京：中国文史出版社，2009.

［7］填下乌贼.乱弹水浒［M］.西安：陕西师范大学出版社，2005.

［8］吴思.隐蔽的秩序［M］.海口：海南出版社，2004.

［9］李泽厚.美学三书［M］.合肥：安徽文艺出版社，1999.

［10］李乔.李乔读史［M］.合肥：安徽人民出版社，2007.

［11］张耐冬.读史别裁［M］.哈尔滨：哈尔滨出版社，2009.

［12］施耐庵.水浒传［M］.北京：人民教育出版社，2018.

跋

方家一眼可知，这本小书实际上是一本教案集。最初的想法来自一节区级的名著导读公开课，就是《读懂人物的三个层次》那一篇。课后听课的教师们反应不错，而且学生也一再要求继续对这本书进行讲解。同样是在这节公开课后，区里的两位语文特级教师张增光、刘凡保老师的工作室决定把近期的研究重点倾注到名著导读这个方向上来。

于是在他们的推动下，陆陆续续有了后面的教案。

我虽自小读水浒故事，但才力浅薄，也没受过太多的学术训练，接到这样的任务实在是压力巨大，所以在备课的时候采用了大量的参考资料。尤其是我多年混迹“知乎”，知友们的研究成果给了我太多的启发。在这里要特别感谢段品璋、凯常、吴易、宋佳强、王路、柳忘言、饼子读书等。因为是写教案的缘故，最初我甚至大量直接引用了他们的文字，作为一名语文教师，至今想起来还觉得惭愧。

从教学实践上看，学生还是比较喜欢这样的解读课，大家认为有一点推广的价值，所以我不揣浅陋，聊作芹献，希望就正于方家。

最近总有人问我为什么要读经典，说是总觉得读书尤其是读小说无用。借着解读《水浒传》的机会，贴一段梁文道老师的话吧：

“我们总希望做的每件事、度过的每一刻都有用。而我到现在拥有的最巧妙的想法，恰恰都来自读之前没想到会带来这种用处的书。所以，读一些无用的书，做一些无用的事，花一些无用的时间，都是为了在一切已知之外，保留一个超越自己的机会。”

另外还有一句曾经让我自己醍醐灌顶的话：真正的阅读从被一本书感动开始。

是为跋。

丁长永